新潮文庫

どうやらオレたち、いずれ死ぬっつーじゃないですか

みうらじゅん
リリー・フランキー 著

新潮社版

11452

序文

２０１０年春。
当時、四ッ谷にあったみうらじゅんの自宅に遊びに来ていたリリー・フランキー。
夕陽を眺めながら縁側でタバコをくゆらせる二人。

みうら「……あのさ、最近、気づいたんだけど、どうやら人間っていつか死ぬってね」
リリー「どうやらね、死ぬっつーじゃないですか」
みうら「うん、どうやら死ぬっつーね」

そのまま深夜まで、人生にまつわるさまざまなことについて、とめどなく語り合った。
これまでにも連載や対談で何度も話したことはある。
が、この日ほど広範な話題について語り合ったことはなかった。
盛り上がりのきっかけは、

「どうやらオレたち、いずれ死ぬっつーじゃないですか」

という諦念《ていねん》と覚悟を併せ持った言葉。


この対談集は、その日の気持ちの昂《たかぶ》りを記録しておきたいという二人の強い要望から始まった。

都内の居酒屋から箱根の旅館まで、幾度もの対談に臨んだ。

対談を終え、原稿化作業の最中に東日本大震災が発生。

多くの日本人がそれまでの自分たちの価値観に疑いや不安を抱いた。


しかし、彼らの価値観はブレず、その言葉は、さらに10年後のいま、新型コロナウイルスという、かつてない危機に直面してもなお色あせない。

理由は、二人が「どうやらオレたち、いずれ死ぬっつーじゃないですか」と、その人生を「逆算」して捉《とら》えているから。

目次

序文　3

第一章　「人生」にまつわること　11

第二章　「人間関係」にまつわること　71

構成・撮影　北井亮（ミドルマン）

どうやらオレたち、
いずれ死ぬっつーじゃないですか

第一章　「人生」にまつわること

「不安とは？」

みうら　本当に不安なときは
逆に不安を感じないようにできてる

リリー　人生を逆算すれば、
「不安」よりも「すべきこと」が見えてくるはず

みうら（以下、M）：人間にとっての不安は加齢と病気かなあ。
リリー（以下、L）：あとは死ですよね。一番の不安は、死ねないのに金がなくて、
ずーっと病気って状態。

M：そもそも、安定というものがあると思い込んでいるから不安なんだよね。ジョン・レノンの「イマジン」[1]みたく思い込まなきゃ。ない、ない、安定も不安もないってね。奥さんなり夫なりが、「いいじゃん、大丈夫だよ。どうにかなるんじゃない」って言ってしまえば、不安にならないんだけどね。

L：今は不安を逆手にとって商売にしてる人が、いっぱいいますからねえ。

M：地獄に堕《お》とされる人たちね（笑）。

L：不安を減らしたいなら、少しでも金があるうちに、他人によくすることじゃないですかね。「あいつには、あのとき世話になったから」って。それは自分が死んでも、自分の子供なり家族に、「あなたのお父さんに世話になったから」って引き継がれますし。『パルプ・フィクション』でも主人公の父親が捕虜収容所でケツの穴に隠して守った大切な時計を、その父親が収容所で死んだあと戦友であるクリストファー・ウォーケンが届けに来てくれましたしね（笑）。

M：それはあるよね。未来の話をどんなに頭を使って考えても、全部は当たってないんだって学校で教わってないから、ついつい悩んじゃうんだよね。予想できることで、一つだけ当たっているのは、「いずれ死ぬ」っていうことだけだからね。とりあえず、それだけを不安に思っておけばいいですよ。しなくていい予想で不安になることが一番のムダだから、一生懸命考えないことにしないと。脳は昔から心配性だから、それに付き合ってるとロクな目にあわないよね。

L：大竹伸朗[2]さんも、「先のこと考えるなんてバカバカしい。だって、今まで想像どおりの未来なんて一度もないんだから」と仰《おっしゃ》ってましたね。子供のころ、将来の不安なんて、何も考えてないじゃないですか。自分がバカだろうが何であろうが……。それって、たぶんまだ何も始まってないからだと思うんですよ。例えば学力で分かれていったり、就職した会社で分かれていったり、能力で違っていったりとかしたときに生存競争のようなものが始まった気になるじゃないですか。そうなってくると、周りと同じことをしないと、道を踏み外してみんなより不幸せになるような気がしちゃうんですよね。

M：あとは不安の話をすると、ものすごく真剣にものごとを考えているように錯覚しがちなんだよね。

L：「将来のことを考えて、今、これをしておくべきだ」って言うヤツって、女の人からすれば、将来性があると思うのかもしれないけど、その通りにはならね――よって。そのとおりになるかどうかもわからないのに、よほど自分に自信がないんだなって思うだけなんですよね。それって、男のロマンからすれば、一番夢がないんですよ、先のことを予測するなんて。ロマンと計画は違う。

M：だいたい本当に不安なときって、逆に不安を感じないようにできてると思うよ。そういう意味では、安定って不安を感じるための装置みたいなものなんじゃない？

L：金を持ってる人のほうが、絶対に金の心配してますしね。だって、オレがサラ金地獄だったときって[3]、これ以上入る予定もなければ、なくなる予定もないから、安定してたんですよ（笑）。しかも、死にはしないことは知ってる。やっぱりシェークスピアが言ってるように、結局、「金持ちは金がなくなることを心配しているうちは、冬枯れの人生だ」ってことですよね。金を持ったと自覚したときの不安というのは、現状維持をしようとか……。そうなってくると攻めがないぶん、余計に不安になりますよね。

M：守りって、これまた怖い状態なんだよね。

L：野球でも守備の時間は、自分たちは1点も取れませんからね。当たり前だけど守っている時間が長ければ長いほど、点を取られる可能性が高くなるわけじゃないですか。

M：野球のたとえは、しっくりくるね（笑）。

そもそも、オレらみたいな自由業って不安業っていうことだからね。〝不安タス[4]

ティック〟な商売だから、不安を原動力にしてるとこあるしね。「こんなときに、なにチンポの話を書いてるんだよ。それどころじゃねえだろ」っていう、〝後ろメタファー〟こそがこの商売の面白いところでね。

L：でも、人が実際に不安だと思ってることって、漠然としてますよね。なんか柳の下の幽霊に怯《おび》えてるっていうか……。不況で5年、10年先のことが読めないから不安とか言うけど、心配しなくても、来年死んでるかもしれないから（笑）。

将来は良くなってるか悪くなってるかわからないけど、今、想像しているようにはならないですよ。だって、オレにしてもみうらさんにしても、40年前に想像してた現在の自分像って、周りの状況も含めて、もうちょっとちゃんとしてると思ってたしね。まさかポコチンの話を毎月してお金をもらってるなんて、そんな宇宙人みたいな仕事があるわけないと思うじゃん（笑）。しかも世の中の人にバカにされながら生きているって、そんなこと想像できるわけない（笑）。もっと、まともな大人になってると思ってた。

M：なにせオレたちは、世間のみなさんの「暇つぶしのお手伝い」をさせていただいてるつもりですから。だから、いつも「頭《こうべ》を垂れる稲穂かな」じゃないと（笑）。

脳が進化して一番失敗したのは、ついつい先のことを考えてしまいがちになったってことだね。

L：『バック・トゥ・ザ・フューチャー』だったかな？　未来から来た主人公が「オレは未来から来たんだ」ということを誰かと話したときに、「じゃあ、お前のいた未来の大統領は誰なんだ」って。その未来ではレーガン大統領なんですけど、レーガンってもともとはアメリカの三流俳優じゃないですか。それで主人公が「ロナルド・レーガンだ」って言ったときに、「絶対、嘘《うそ》だ」って言われる（笑）。でもそんなことが起きるじゃないですか。だって50年前の人に、西川きよしが政治家になってるとか、横山ノックが政治家になってるとか言っても「アホか」で終わりでしょ（笑）。そういう冗談みたいなことしか起きないじゃないですか。まあヤワラちゃんが政治家になるというのは、みんなが想像したとおりでしたけどね（笑）。

M：何だか、やりそうでしたね、あの方は（笑）。さっきオレらの仕事の話になったけど、ホントに不思議だよね、この仕事。実際に何をやってるかとか、本質的なことはあまり言わないほうがいいよね。だって、「あいつら、なんでこんなことでお金もらってんだ」って、気づかれちゃおしまいだし（笑）。

L：編集者が冷静になっちゃうと、「あれ？　あいつらに金やらなくてよくね？」ってなりかねない（笑）。

M：暇つぶしって、みんなタダだと思ってるからさ（笑）。

L：「10年後の自分を考えろ」と書いてるビジネス書とか自己啓発書なんかは、「こうだったらいいな、ということを想像しろ」っていうことでいいと思うんです。だって実際にイメージしてないとそこには行けないし。

そのとおりになったとしても、家を建てるって物質的な目標を立てて、だけど例えば、何年後かに車を買って、気持ち的には大した発展じゃないと思うんです。本当の発展というのは、想像できないように転がっていくことですもん。物質的な目標よりも、もっと理想的なこと。だから、自分の仕事で、世の中を変えられればいいなと思ってたら、いつの間にかバッキンガム宮殿に住んでいた、みたいなことはあるかもしれないし、そのほうが可能性はある気がする。

M：脳が愉快な勘違いをして、意外な結果が出たほうが楽しいよね。

だから将来どうなってるかって聞かれたときは、とりあえず「死んでるんじゃないかなあ」って答えておいてさ。その途中にはバッキンガム宮殿に住むとかさ。あくまで目的ではなく過程の話かませたり。

L：「死んでないとしたら生きてる」って（笑）。

たぶんオレもみうらさんも人生を逆算して考えてるから、そこにあるのは不安というよりも、あと何年オレらはちゃんと仕事できるのかということと、じゃあ何をしなければいけないかっていうことになるんじゃないですか。

M：ずっと不安で楽しそうに、ですかね（笑）。

L：やっぱりファンあってのことですしね（笑）。ファンあってということは、結局は不安ですよ。他人まかせですからね。

【注釈】

1　**ジョン・レノンの「イマジン」**／1971年に発表されたジョン・レノンのソロ代表曲。「想像してごらん天国なんて無いんだと」から始まる歌は、人間の争いの原因となる多くの事柄を「ないと想像する」ことで平和を求めようという歌詞で構成されている。そのような反戦的な内容から、湾岸戦争やイラク戦争の際にアメリカでは放送禁止曲になっている。

2　**大竹伸朗《しんろう》さん**／日本を代表する現代美術家。みうら、リリーともに敬愛する武蔵野美術大学の先輩でもある。2009年、香川県直島にオープンした銭湯「I♥湯（アイラブゆ）」が大きな話題を呼ぶ。また、スクラップ作りを40年以上続けており、かつてエロスクラップを300巻近く作っていたみうらに対し「量では勝てないから分厚さで勝負だ！」と語ったとされる。なお現在、みうらのエロスクラップは650巻を超えている。

3　**オレがサラ金地獄だったとき**／『東京タワー　オカンとボクと、時々、オトン』（新潮文庫）のなかでも描かれているが、若いころのリリーは、あらゆる消費者金融から借りまくり、本人いわく「貸してくれる業者がなくなるまで借りた」という。

4　**不安タスティック**／みうらの造語。「不安＋ファンタスティック」からきた言葉で、無理やり訳せば「素晴らしき不安」といったところか。陽気なネーミングにすることで少しでも不安を和らげようという、みうら流の思考法ならではの用語。

5 後ろメタファー／こちらも、みうらの造語。「後ろめたさ＋メタファー（隠喩《いんゆ》）」からきた言葉。「どんなことでもやり続ければモノになる」が信条のみうら流の思考法に基づけば、普通の人が「後ろめたさ」ゆえにやめてしまいがちなことほど、ひたすら続ければ、いつかモノになることがある（かもしれない）というみうら流の考え方。

「満足とは？」

みうら　「満足」なんてただのイメージの言葉。そんなものに振り回される必要はない

リリー　誰かが人生の最後に「満足でした」って言ったら、「まだ足りてないな」って、疑ってかかるかも

L：「今、満足だあ、オレ」って言ってるヤツがいたら、嘘《うそ》くさいですね（笑）。逆に日本語での満足って、ちょっと遠慮してるときに言う感じじゃないですか。

M：「もう満足ですから」が正しいかな。足りることを恥ずべきことと思ってるんだ

よね。足りないと満足できない人のことを「下品だ」って見る考えがあるし。

L：そういえば韓国って、出された食事を全部食べたら無礼、だから残さないといけないって考え方なんですよね。つまり、全部食べちゃったら「足らない」ことをアピールしていることになってしまうと。礼儀の話ですが……。でもロックは満足してないのがかっこいいっていう、〝not satisfied〟[1]。

M：ストーンズが教えてくれた一つだよね（笑）。
「あの人、最近満足してそうだ」っていうのは、もうアガリだったりするしね。
「もう」が出るよね。「もう満足してるんだなー」って言われちゃってる感じ。

L：もし知り合いが「私は今の生活で十分満足です」と言ったとしたら、「いや、世界はもっといっぱいあるよ」って言いたくなるじゃないですか。オレらはずっと、「満足はするな」ということを美意識としてるんですよね。

M：その満足と感じているものの上にさらなる満足があるよってね。

L：それはチャップリン[2]が、「代表作は？」と聞かれて「Next One」って答えたみたいに。でも、満足してる男ってたまに見るんですよね。そのたび、寒い感じがしますよねえ。

M：満足げってヤツね。

L：「満足げ」という言葉も時々侮蔑《ぶべつ》的な使われかたしますね。「あいつ、あれですごい満足げだったよ」って。

時々イラストレーターの個展とかで、友達集めて「リッツ・パーティ」[3]しながら満足げにしてるそいつを見たときに、「終わったな、こいつ」って思う。人間、「げ」がついちゃうとダメですね。

M：ゲゲゲ、じゃなくてね（笑）。

知り合いの展覧会に銀座まで行ったとき、本人がブスッとした顔をして座ってるんだよね。「せっかく銀座でやったんだから嬉《うれ》しくないの？」って聞いたら、「銀座で満足げな顔をすると足元を見られるから、ここは怖い顔して座ってないとダメなんだ」って言ってた。画商対策らしいけどね。

L：満足げにしてたら、これ以上、絵の値段を高くしなくてもいいって思われるってことなんでしょうけど、でも一方で、納得してない絵を見せんなよ、とも思いますけどね（笑）。

ちなみに「幸福とは何か」というようなことを話すとすごく難しいのは、結局これって言葉のギミックの問題。「幸福」という言葉になると、それが何なのかを一生懸命に探すけど、でも所詮《しょせん》は一緒のことじゃないですか。「満足してる」というのと「幸福」って。

M：満腹は「腹」でしょ。じゃあ満足はやっぱり「足」のこと、ってなるよね。

L：足がぱんぱんにむくんだ状態……（笑）。

M：「満足したー」、「今日一日よく歩いたー」みたいな。

L：遠足って、そんなに満足しなかったけどね、なんか（笑）。

M：よく「人生は最期《さいご》の一言で決まる」っていうじゃないですか。オレはそんなときにヘンなこと口走っちゃうのもイヤだから、今から「ああ、楽しかったー」ってあっさり言い残せるように稽古《けいこ》始めたよ。

L：（笑）。やはりそこは、最期は「いい人生だった」「幸せだった」って言ってほしいけど。逆に「もう満足です」って言われたら、「なんかこの人、まだ足りてねぇな」って疑ってかかるかも（笑）。

M：周りの迷惑もあったうえでの満足かもしれないしね。そういう意味では「幸せ」というのもそうだけど、単なる言葉でしかないし、見えないものにつけられたイメージの言葉なんだよ。そんなものに振り回されている人生が滑稽だよね。

L：「あなたは幸せですか」っていう宗教団体の勧誘の決まり文句みたいに、「満足」も答えが出ないものに対する恐怖感を植えつける言葉ですよね。実際、「あなたは満足ですか」って街で聞かれて即答できる人は、よほど普段から答えを用意している人ですよ。

M：僕らの世代は『ヤングOH!OH!』[4]を見てたから、「ハッピー？」って聞かれると、つい「ハッピー！」って言っちゃうけどね（笑）。

【注釈】1　not satisfied／正確には「be not satisfied with ～」で「飽き足らない」の意味。反骨精神を含め、生き方や考え方をキープし続けることこそがカッコイイとされる「ロック」においては、とても重要な信条。

2　チャップリンが～／すでに世界的に有名となっていたチャールズ・チャップリンが、とある記者に「自分が関わった今までの作品のなかで最高傑作はどれか？」と聞かれ、〝Next One（次回作だよ）〟と即答し、以降、あらゆる場面で同じように答えたという逸話。現状に甘んじることなく向上心を持ち続けることの大切さに気づかされる。

3　「リッツ・パーティ」／ヤマザキナビスコが販売していた「リッツ」の上にキャビアや生ハムなどをトッピングし、ホームパーティのメインのおつまみとして提供するもので、同商品のCMでは沢口靖《やす》子《こ》が爽《さわ》やかにおすすめしていた。

4　『ヤングOH!OH!』／1969～82年に毎日放送が制作して全国放送され、若手芸人と一般視聴者によるゲーム企画やコント、歌なども手がけた公開バラエティ番組。初代司会は、落語家の笑福亭仁鶴《にかく》と桂三枝《かつらさんし》。吉本《よしもと》若手芸人の登龍門《とうりゅうもん》的番組で、それまで松竹芸能が独走状態であった上方演芸界の勢力図を、現在の吉本中心へと書き換えた伝説的テレビ番組。

「喜怒哀楽とは？」

みうら　暇であることに気づかぬフリをするためにも
喜怒哀楽は「まぁまぁ」あったほうがいい

リリー　本当に穏やかな人生を求めている人は、
喜怒哀楽とは縁のないのが一番いい気もする

M：喜怒哀楽がハッキリしてる人のほうが、おかしいことはおかしいよね。

L：でも、日常の精神状態って、ほとんどこの4つ以外の状態じゃないですか。べつに喜んでるわけでも怒ってるわけでも、哀《かな》しいわけでも楽しいわけでもないっていうのが、人生の9割でしょ。

M：まあまあ楽しかったり、まあまあ哀しかったり、まあまあ怒ってたりぐらいにしとかなきゃ、暇が日立っちゃうしね。

L：特に強くは思ってないっていう状態がほとんどで。だから、この4つのうち一つが起きるときって、結構「特別な日」じゃないですか。

M：喜・怒・哀・楽って、この順番で繰り返すサイクルの話なんじゃないの。

L：ってことは、「喜」と「怒」の間には、別の何かがあるんでしょ。時間軸のなかで。

M：喜んでたのに台無しなこと言われて、家に帰ってきてからムッカムッカしてきたくらいの時間のことね。

L：でも、みんなが居酒屋で話してること[1]って、この喜怒哀楽の何かで起きた話じゃないですか。「あのとき楽しかったねー」「あのとき腹が立ったなー」とか。

M：飲み屋ではこれ以外の話、あんまりウケないよってルールなんじゃない？

L：でも、やっぱり人生っていうのは、この4つとは無関係の時間のほうが圧倒的に多いですからね。ぼーっとしてるとか、何もないとか、「最近どうしてるの？」「いや、べつに何もない」っていうことがほとんど。だから本当に穏やかな人生を求めている人は、これと縁がないのが一番いい気もしますけどね。
楽しいと思えば寂しい気持ちは起きるし。穏やかな人生を標榜《ひょうぼう》して、山に家を建ててネルシャツ姿で陶器とかつくってる人が怒ってたりしたら、なんのためにその生活をしてるのかって思うんですよね。

M：どんな生活のなかでも、そういう感情を見つけてくるからね、人は。軒先に巣を作りやがったスズメバチがムカつくとか（笑）。
ちなみにオレ、「喜怒哀楽」野郎かも。大げさだしね。

L：確かに（笑）。オレは喜怒哀楽、あんまり表に出ないですけど、なかでも特に出ない感情が「楽しい」なんですよね。「うわっ、今、楽しい〜、フォ〜ッ」っていうのはないんですよ（笑）。「嬉《うれ》しい」はあるんですけど、「楽しい」があんまりないんです。
よく「楽しんでる？」みたいに聞かれることがあるんですよ。例えば飲み会みたいなところで、「大丈夫？　楽しんでる？」って。あれ聞かれると、さらに楽しくなくなる。楽しまなきゃいけないのかって逆に思うんです。その人たちが無理やり楽しもうとしている姿とか、楽しまなきゃ損みたいな考え方はなんかイヤなんです。寒空の花見で裸になって騒ぐ、みたいなの。無理して楽しもうとしてる人を見ると、楽しくもないし嬉しくもなくなってくるんですよね。例えば、誰かのお祝いの席にいたとして、その知り合いがお祝いされる立場になってるのは嬉しいことじゃないですか。だけどそこに来てるヤツが「楽しんでるの？」とか言ったら、「お前は楽しまなくていいから、あいつを祝え」って思う。そして怒りが湧《わ》いてきて、つい変なことを言って、そのパーティをぶち壊して結果的に哀しくなるっていう……。だから楽しませることを強調するヤツがいると、この全部（喜怒哀楽）が起きてくるんです。〝Are you happy?〟みたいなことって聞かれたくないじゃないですか。こっ恥ずかしいし。

M：そこはだから、さっきの「満足」と同じで、とりあえず〝Yeah!〟って言っとくのがいいんじゃないの？

L：一番〝Yeah〟が明確に言えるのは、〝Are you angry?〟じゃないですか。〝Yes!〟って。

M：（笑）。でもオレ、飲み屋で話しててすっごく楽しくなってきて、ションベン行く時間ももったいなくなるときあるよ（笑）。話の内容じゃなくて、好きな友達といるオレが嬉しくってさ。「ちょっと待って」って話半ばにションベン行っても、気が気じゃなくて。そんなとき、いつもパンツ上げてもオシッコちょっと出るね

（笑）。

L：笑ってるときって、嬉しさと楽しさが共存してますよね。でもその嬉しさって、楽しいことがあって、「やっぱ、この人たち好きだなー」って思える、きゅっとした瞬間ですよね。……みうらさん、この4つの感情のなかだったら、どれで一番泣けます？

M：エロ話で、おかしくて泣いた[2]ことはあるな（笑）。

L：あっ！ それ、オレもある（笑）。大笑いで涙が出るときは、「楽しくて」でしょうね。嬉しくて（喜んで）泣くのが最も少ないんじゃないですか。ま、怒って泣くヤツはそうそういないか。でも一番流したい涙は、笑いながら涙が止まんない、腹が痛くて……みたいなやつですよね。まあ一度でいいから、嬉しくて泣きたいですけどね。

【注釈】 **1 居酒屋で話してること**／本書収録の対談も、その多くが東京都内の個室居酒屋で行われた。ちなみに、みうらの好みは「和食」なので、対談で用いられたのも和食系の居酒屋のみ。

2 エロ話で、おかしくて泣いた／みうらとリリーが05年から連載を続ける「週刊ＳＰＡ！」の「グラビアン魂」というコーナーでは、毎回、グラビアアイドルの魅力やよりよい撮られ方などについての対談を行っている。場が盛り上がったときは、居合わせた関係者全員が涙を流して笑っていることも。

「お金とは？」

みうら　お金を稼ぐ才能があっても、使う才能がないと。「いかにうまく使うか」が一番大事

リリー　義理と金は誰かのためにうまく使ってこそ意味がある

M：お金を使う才能がないのに、いっぱいお金を稼ぐって人いるでしょ。ゲームだって終わったら、駒《こま》とかカードは最後に返すんだから、お金も死んだときに残ってたら没収すればいいんじゃないの。

L：村上ファンドの「[1]鈎ちゃん」が捕まったときに、日本人の多くが「守銭奴だ」みたいなことを言ってたんですけど、オレあのとき思ったんですよね。「[2]金持ってるヤツ」は悪いっていう日本の昔からの発想がある。でも、それって間違ってるじゃないですか。中流な人が増えたから、自分以上の人を中流に引きずりおろしたいっていう発想でしょ。金持ちは悪だっていうのは。例えばインドではカースト制があって、貧乏人が町で物乞《ものご》いしてるけど、全然不幸な姿に見えないんですよ。それぞれの運命のなかでそれぞれの生き方をしてるってだけだから。

M：仏教は、何も持たない者からは煩悩《ぼんのう》は生まれないという発想なんでしょ。だから、やっぱりポイントは使い方なんだよ。使い方がきれいな人もいるし汚い人もいる、っていうだけなんじゃないの。あと、何でも、ただ溜《た》めとくって体に悪いよ（笑）。

L：お金に関しては、日本人は特に使い方が下手だと思うんですよね。そもそも、慈善事業というか慈善の仕方も下手だし。

あと、これ（お金）って使わないと入ってこないものですからね。こればっかりは、宝くじと同じで買わなきゃ当たらないっていうやつですよ。

M：持ってても不安だし、持ってなくても不安。どうすればいいんだってことだよね。

L：昔の日本人の感覚では、例えば3億円を定期預金しておけば、月に30万円の利子がついたっていうから、金は貯《た》めるものだと思ってた。でも今みたいに利息がつかなければ、使わなきゃダメですよね。

M：あ、[3]３億円事件のころでしょ、それ。

L：利息で食うっていうのが、昔の子供の夢でしたよね。

　それにしても、[4]最近のイケメン実業家みたいな人たちの金の使い方って、贅沢《ぜいたく》してる感じはいいんですけど、使い方がステレオタイプっていうか、この人、いつか金がなくなるだろうなっていう金の使い方をするじゃないですか。

M：お金のうまーい使い方って、思い出作りだと思うな。結婚式のご祝儀《しゅうぎ》に１００万円ポーンって出す人って、思い出作りか選挙が近いかのどちらかだよね（笑）。

L：興行とか、芸能界の人たちもそうだけど、使い方のうまい人って普段は不義理してても冠婚葬祭には絶対に顔を出して、祝儀なんかはポンとはずむんですよ。ヤクザもそう。義理と金の使い方がうまい。

M：記憶に残るっていう意味では一番いい使い方というか、発表の仕方だよね。

L：また、ああいう人たちは金を受け取らない人間を信用しないという発想だから。

M：なるほどね。

L：テレビに出ているイケメン実業家の金の使い方がつまらないのは、自分のためにどんなに使ってても、なんか、そういう「ドスン感」が足りない。アメリカとかは、金持ちたちがどういう使い方をするか、全米が見張るっていう発想じゃないですか。以前にハイチの地震被害の復興支援Tシャツを作るっていうので調べていたら、どの国がいくら寄付していて個人ではいくら出したかということが全部公表されてたんですよ。日本の企業は、ユニクロでも500万円程度なんですけど、[5]韓国のサムスン電子は1億円ぐらいドサッと出してるんです。[6]アンジェリーナ・ジョリーが1億円とか、[7]タイガー・ウッズが3億円とかなんですけど、日本人は個人で寄付したという人で名前が出ていたのがほとんどいなくて。元首相の奥さんの[8]鳩山幸なんかは、お金でもなく、何かのベストドレッサー賞でもらった「賞品」って書いてあって、なんだかなあって。そもそも決してファッションセンスも良くないのに(笑)。

M:あとさ、お金持ちになったら働かなくていいのかっていうのも問題だよね。

L:今は大金持ちほど働いてますけど、オレたちの思う大金持ちって、先祖代々の土地を貸してその店子《たなこ》から金もらってる働いたことのない一族のイメージですよね。

M:それ以外のお金持ちは、やりたいことがあって一生懸命働いたから儲《もう》かっただけのことで、儲けたいから仕方なく働くのとは違うよね。あとは、遺産相続で揉《も》めてるところもあるじゃない。

L：高級住宅地に住んでる人って、じいちゃんが死ぬと相続税が払えなくて引っ越したりするんですよね。で、税金として土地を物納するもんだから、最近の高級住宅地って小さい公園みたいなのがいっぱいあるんですよ。だから、「高級住宅地は公園があっていいわねー」っていうのは、実は間違いなんです。

M：公園は倒れた人たちの墓標なんだね（笑）。

L：オレ、子供のころから金持ちになるイメージって、道を歩いてたらうずくまってるじいさんがいて、その人を助けたことで遺産を相続する、みたいな感じでしたもん。金持ちって、コツコツじゃなくて突然降ったように湧《わ》いてくるイメージなんですよね。例えば、自分がものすごく頑張って銀行に億単位のお金を預けても、それは儲かった感じしないでしょ？　あくまで報酬だから。やっぱ、タナボタじゃないと。

M：うずくまってる人って、大概はゲロ吐いてるだけなのにね（笑）。

L：ゲロじゃあねえ……（笑）。

【注釈】　1　**村上ファンドの「欽《きん》ちゃん」**／萩本欽一《はぎもときんいち》氏に顔が似ているとされた元通産官僚の村上世彰《よしあき》氏のこと。

村上ファンドとは村上氏らが率いていた投資や企業買収などに関わるコンサルティングを行っていたグループの通称。株式取得企業の経営に積極的に関わる「もの言う株主」として話題になるも、ライブドアとともにニッポン放送株を取得した際、インサイダー取引をしていたとして２００６年に逮捕され、懲役2年・執行猶予《ゆうよ》3年、罰金３００万円、追徴金約11億４９００万円が確定した。

2 「金持ってるヤツ」は悪いっていう日本の昔からの発想／「金は天下の回りもの」「宵越しの金は持たない」などのことわざが示すように、日本人はお金の流動性に敏感な一方、お金を貯める人のことを「守銭奴」「成り金」などと揶揄《やゆ》してきた。とくに近年は、株式投資や資産運用などで若くして数億円の利益を得る者も珍しくないため、サラリーマンらに不公平感が漂っている。

3 3億円事件のころ／東京都府中市で１９６８年12月10日に発生した、現金強奪事件。警官に変装して擬装白バイに乗った犯人が、日本信託銀行国分寺支店から東京芝浦電気（現・東芝）府中工場へ、従業員のボーナス約3億円が入ったジュラルミン製トランク3個を輸送中の現金輸送車が府中刑務所裏に差しかかったところで、偽《にせ》の爆破予告事件を口実に輸送車ごと現金を強奪した。１９７５年に公訴時効が成立し、さらに１９８８年に民事時効が成立したことで、日本犯罪史に名を残す未解決事件となった。

4 最近のイケメン実業家／２００６年に施行された改正会社法により、会社設立時の資本金規制が撤廃され、新規の会社設立が容易に。折からの不況も相まって、起業する優秀な若者が増え、マザーズやジャスダックなどの新興市場などへの上場を実現する若手経営者も続出。それにともない、老獪《ろうかい》な印象のある古い経営者像に当てはまらない、若くてカッコいい経営者（＝イケメン実業家）がビジネス誌やテレビなどで取り上げられる機会も増えた。

5 韓国のサムスン電子／韓国の総合家電・電子部品メーカーで、サムスングループ企業の中で最も規模が大きく世界最大級。薄型テレビや液晶パネル、半導体、携帯電話、デジカメ、ビデオカメラなどを製造している。

6 アンジェリーナ・ジョリー／１９７５年生まれのハリウッド女優。２０００年、ヒロイン役として出演した『60セカンズ』で有名になり、2001年に出演した『トゥームレイダー』で一躍世界的な人気を獲得。その後、『Mr.&Mrs.スミス』で記録的な興行収入をあげるなど、30代前半にしてアメリカのトップ女優となる。2011年7月、『フォーブス』誌電子版で発表された「ハリウッド女優の所得番付」では、3000万ドル（日本円で約24億円）で1位となった。対談にあるハイチ地震での復興支援では、当時のパートナーのブラッド・ピットと連名で寄付。

7 タイガー・ウッズ／1975年生まれのアメリカ人プロゴルファー。四大大会では、マスターズ・トーナメント5勝、全米オープン3勝、全英オープン3勝、全米プロゴルフ選手権4勝とゴルフ史にさんぜんと輝く成績を残している。マスターズ4勝は大会歴代2位。全米プロ4勝は大会歴代3位タイ。2005年の全英オープンにて、すべてのメジャー大会で2勝を挙げる「ダブル・グランドスラム」を29歳6か月という史上最年少で達成。さらに2008年の全米オープンで、すべてのメジャー大会で3勝を挙げる「トリプル・グランドスラム」を、これも史上最年少の32歳5か月で達成。

8 鳩山幸《はとやまみゆき》／1943年生まれの、政治家・鳩山由紀夫《ゆきお》の妻。元タカラジェンヌ。自らを「ライフスタイルの伝道師（ライフコーディネーター）」と称している。「魂がUFOに乗って金星に行った」「私はトム・クルーズが前世で日本人だったと知っている」など、過去の奇抜な発言を、夫の総理就任時には数多くのメディアが取り上げ話題となった。

「知識とは？」

みうら　悩みを解消するための道具なのだから、
応用できないと意味がない

リリー　知識が自分たちの可能性の邪魔をすることもあると、
知っておいたほうがいい

M：ここ何年かのテレビって、本当にうんちくブーム[1]だね。
L：雑学みたいな知識って、あっても何の役にも立たないのに。
M：知識って、そもそも悩みを解消するために役立てる道具なのにね。

L：結局、うんちくとか雑学って詰め込み型の学習の典型じゃないですか。クイズのために雑学を覚えるとか、漢字検定1級の漢字の読みを憶《おぼ》えるとか意味がないんですよ。「いるか（海豚）」は「イルカ」とカタカナ表記でいいし。クイズ王とかがイマイチ利口に見えないのは、知識を持っていても教養があるように見えないからでしょ。福沢諭吉[2]も、人間が持っていないと恥ずかしいものは「教養」であって、「知識」だとは言ってないんですよ。

M：知識だけでは本当にそのジャンルのことを好きなヤツには勝てないもん。知識だけじゃプロになれないからね。

L：この20年ぐらいの若い男子の趣味の変遷《へんせん》を見ていると、例えば「スニーカーに詳しい」とか、「DJではないけどアナログ盤をいっぱい買ってて音楽に詳しい」とかって言ってるけど、そいつらが新しいファッションを作るわけでも、いい曲を作るわけでもなく、むしろ、その知識がその人たちの可能性の邪魔をしてるんですよね。それは教養がなくて知識を詰め込んでいるだけだから、あれはダメ、これもダメということだけを覚えているうちに、何にも自分で考えられなくなる。

M：「文化人」[3]って呼ばれても、持ち上げてるようで実はギャラが誰よりも一番低いってことでしょ、テレビ業界では。またさ、雑学番組を見て頭がよくなったような気分になったりして、それを得意げに飲み屋でしゃべるっていうね。

L：サンドウィッチの語源[4]なんて知ってて、何の役に立つんだって思う。それより、旨《うま》いサンドウィッチを作れるほうがいい。

M：サンドウィッチは、おいしいか、おいしくないか、だけだよね（笑）。今の雑学ブームは、テレビ局がほかの番組に比べて苦情の少なそうな番組だから作っているだけだろうし。だって答えが決まってることだから、それをやってる限り基本的にクレームは来ないもんね。

L：しかも回答できない人がいるということを強調して映すっていう、ほんとに意地悪なメディアになったと思うんですよねえ。
　だいたい、教養というのは、その人の生活だったり価値観だったり、知識がその人の身になってるもので、しかも大事なのは、その人の持っている教養で世の中を変えられるかということだと思うんです。雑学なんかじゃ世の中一ミリも変わりませんよ。ポップコーンもサンドウィッチも、全部、伯爵《はくしゃく》が作ったことにすればいいのにね（笑）。

M：パンティとかもね（笑）。

L：パンティの語源[5]が実は伯爵の名前だったら勃《た》たないっすね（笑）。本当でも知りたくない。知識というのは単なる情報だから、自分で摂取する情報をちゃんと選ばないと。自分のためにこの情報は得るべきじゃないと思うものをちゃんと判断して、時にはシャットアウトできる人が、いわゆるインテリでしょ。

よく、ボンヤリ社長が新入社員とかに「新聞3紙を読め」[6]って言うけど、意味がないですよね。そういうものは強要されて読んだって、何の足しにもならない。読みたくて読まなきゃ。おやじが10代の女のコにレッド・ツェッペリン[7]のCDボックスを渡して、「これぐらい知っておかないとロックがわからないぞ」と言っても、そんなもの必要ないじゃないですか。必要とされていない知識というのは、もう雑学だもん。

M：応用できないものって意味がないからね。

L：結局、雑学や知識だけしか持ってない人と話しているとき、話が鬱陶《うっとう》しいですよね。ダジャレを言う余裕がないでしょ、その人たちには。

M：ダジャレは嫌われるのを覚悟で言ってるもんね。

L：ダジャレは帰りのガソリン積んでないですからね（笑）。

【注釈】 1 **うんちくブーム**／ここでは2007年ごろからテレビ各局で知識系クイズ番組が次々と放送され、

人気を博したことを指す。制作費が低く抑えられることもあり、知識系クイズ番組は相変わらずの人気を誇っている。

2 福沢諭吉／1835年生まれ。幕末・明治時代の思想家、教育者で慶應義塾の創設者でもある。リリーが語る「教養」に関しては、「心訓七則」という有名な言葉のなかで触れている（一説には福沢のオリジナルではないらしい）ので、一部を紹介。「一、世の中で一番楽しく立派なことは、一生を貫く仕事を持つことである。一、世の中で一番みじめなことは、教養のないことである。一、世の中で一番尊いことは、人に奉仕して決して恩を着せないことである。一、世の中で一番悲しいことは、嘘《うそ》をつくことである」など。ちなみに、『学問のすゝめ』の冒頭にある「天は人の上に人を造らず人の下に人を造らずと言えり」というのも福沢のオリジナルではないと言われており、その意味するところも「人は平等」というだけでなく、「人は平等だと言われているにもかかわらず貧富や賢愚の差が生じる理由は、学問をたしなんでいるかどうかである」だということはあまり知られていない。

3 「文化人」って呼ばれても、持ち上げてるようで〜／朝や昼の情報番組からバラエティ番組まで、テレビ番組にはコメンテーターとして「文化人」が呼ばれることが多い。しかし、大手芸能事務所に所属する、いわゆる芸能人に比べ、その出演料は驚くほど安いこともあるという。

4 サンドウィッチの語源／サンドウィッチは、18世紀のイギリス貴族・第四代サンドウィッチ伯爵ことジョン・モンタギューが、大好きなトランプの最中でも片手で食事がとれるようにパンに具を挟んだものを作らせたことに由来するという。ちなみに3月13日は、「1」が「3」に挟まれていることから「サンドウィッチの日」とされている。

5 パンティの語源／「パンティ」はパンツの愛称。ボブという男の子のことをボビーと呼ぶように、パンツをパンティとかわいらしく表現したものだとか。

6 新聞3紙／一般に主要3紙といえば、「朝日新聞」「読売新聞」「毎日新聞」を指すが、ビジネスマンの場合、「毎日新聞」ではなく「日経新聞」を指すこともある。

7 レッド・ツェッペリン／1968年〜80年にかけて活動した、人気・実力ともに1970年代を代表するイギリスのロックバンド。バンドのリーダーであるジミー・ペイジは、楽曲、ビジュアル面も含めたプロデュース能力に秀《ひい》で、ツェッペリン全アルバムのプロデューサーでもある。1980年、ドラマーのジョン・ボーナムの事故死により解散を表明。なお、2006年12月に死去したアトランティック・レコードの創始者、アーメット・アーティガン氏の追悼チャリティライブのため一夜だけ再結成されたが、2万枚のチケットに2000万人が応募し、オークションに出品された1枚のペアチケットに8万3000ポンド（約1900万円）の値をつけた者もいたという。

「噂《うわさ》と嘘《うそ》とは？」

みうら　男はその場しのぎの嘘が多いけど、女の嘘は用意周到だったりする

リリー　噂話が好きな人ほど、自分のことを言われると、怒る

M：噂ってＲｕｍｏｕｒってやつでしょ。

L：フリートウッド・マック[1]ですよね。

M：そうそう、『Ｒｕｍｏｕｒｓ』ってアルバムタイトルで覚えているだけなんだけ

どさ（笑）。

L：オレとみうらさんってあんまり噂話をすることってないじゃないですか。どうやら噂って、噂話が好きなヤツのところに集まってくるみたいですね。だいたい、誰と誰がオマンコしてるかなんて、どーでもいいです。自分ができないんなら（笑）。でも噂話が好きな人ほど、自分のことを言われると、怒りますね。

M：だいたい、いい噂って、できる限りしないようにしているでしょ、人間って。

L：あと「ナントカらしいよ」っていう話って、子供のころは、おばさんが電柱の横でする話だと思ってたんですけど、大人の男も噂話をするんだなって驚きましたけどね。

昔、石丸元章[2]さんが「投稿写真」で「ウワサを追い越せ」という連載をしていて、たぶんあれが今のエロ本ジャーナリズム・カルチャーのはしりだと思うんですよ。そのなかで、オレが一番好きだった噂が「北島三郎、実は女」という噂（笑）。力強いですよね、噂が（笑）。

M：「北島三郎、実は男」じゃ本当の噂にはなんないもんね（笑）。

L：あと噂のセンスもありますよね。聞いてて面白がれる噂と、その場にいることすら不愉快になるような噂もあるじゃないですか。変な噂話している、その輪の中に自分がいることが耐えられないような噂とか。

M：噂ってもともと何なんだろうねぇ。割とおいしそうな字面《じづら》だけどね。

L：（字体が）やわらかそうですよね。

M：京料理っぽい（笑）。

L：それ、ひらがなで「うわさ」って書いたほうがいいですね。

M：その点、「嘘」っていうのは、変な魚で、食べるには塩辛とかにして出すしかないな（笑）。

そういや嘘って、最近あまりついてないなあ。

L：まぁ、なるべく、つかないで済むほうがラクですけどね。

M：でも、ドキドキしないぶん、日常にパンチないけどね。

L：タモリさんとかは「面白ければ嘘でもいい、作り話でもいいんだ」って言ってますね。物書きの人でも、面白ければ嘘でいいって言う人も結構いますし。でも例えば、オレとみうらさんとかがエッセイを書いても、本当のことを書くのがエッセイだと思ってるからあんまり嘘を書かないじゃないですか。そのせいか実生活で、嘘をつかれると無性に腹が立ちますね。

M：どうやら、嘘って折れたタバコの吸い殻でわかるらしいからね（笑）。

L：折らないようにしなきゃ（笑）。

M：あんまり固いタバコは、すぐ折れちゃうから吸っちゃダメだよね。

L：あの中条きよし[3]がついてた〝うそ〟は、「♪爪《つめ》も染めずにいてくれと　女があとから泣けるよな〜　哀《かな》しい嘘のつける人」って、聴いてるこっちが泣きそうだなあ（笑）。

M：エプロン姿を褒めておいて、嘘をついちゃダメだよね（笑）。

L：爪も染めるなと言っておいて、ほかにいい人ができてるし（笑）。でも、そういうことをすぐ言うヤツっていますね。すぐ結婚しよう、みたいなことを。

M：他人の人生ナメてるよね（笑）。でも、逆に女の人の嘘って男にはわからないこと多いよね。

L：これを女の人が読んだら違うと感じるかもしれないけど、男のつく嘘と女のつく嘘って、地球を破壊するダメージが女の嘘のほうが大きい気がするんですよね。

M：あれはホントわからないよ。男はその場しのぎの嘘が多いけど、女の人のは用意周到だったりするからね。

L：もともと、男は狩りに行って女の人は子供を守って、という信頼関係で人類というものが成り立っていたわけじゃないですか。男が命がけで狩りに行って、本部が嘘をつき出したら現場はそりゃあ大変ですよ。なんのために現場に血が流れているんだ！って（笑）。

M：マンモスを獲《と》ったって嘘ついたって、現物がないとすぐにバレるしね。例えば男が家のことに関心なさすぎるっていうのも、嘘をつかれる原因だよね。

L：動物の子供って小さいうちは手がかかるので、その間はオスが猟に出ていってメスが子供を守るっていうのが基本形としてあるじゃないですか。もともとは人類、女の人も繁殖期っていうものを自覚してたらしいんですよ。ただ、それがバレてしまうと、その時しか男が戻ってこなくなるから、自分のエサを確保するためにも男をつなぎとめたいって考えるようになったらしいんです。そのために「いつ子供ができるかわからない」と嘘をつき続けるうちに、繁殖期が本当にわからなくなったんですって。嘘もつき続けていると真実になるっていうのはそういうことですね。

あと、知り合いにホントに感心するくらい大嘘つきの女がいて。とにかく悪いヤツだなと思ったのは、オレみたいに疑り深い人間がいっぺんも疑わないような嘘をつくんですよ。

M：その才能、ほかに生かせないもんかね。

L：任三郎[4]も言ってたんですけど、「いいヤツっていうのはまるっきりの嘘をつくもんなんです。つまり、100%の作り話をしますぅ。けど、本当の悪いヤツ、嘘つきというのは、真実に嘘を混ぜて話すんですっ!!」。

M：なるほどね。そっちのほうが罪深いね。

L：って今、モノマネしてたんですけどね……。

M：ごめん、気づかなかった（笑）。例えば、お父さんに「実は、お前はオレの子じゃないんだ」と言われるより、お母さんに言われたほうがキツイねえ。

L：でしょ？　だから相対的に女の人の嘘はダメージがデカいんです。世相が暗くなるんです、女の人に嘘をつかれると、信じるものがなくなるっていう話になるから。だって、その子供が誰の子か知ってるのは、本当はお母さんだけじゃないですか。だから、お父さんが、「お前はオレの子供じゃないんだ」と言ったとしても、本当のお父さんが誰かは男には絶対にわからない。結局、本当のことを知ってる立場の人が嘘をつくと、一番キツい。

【注釈】　**1　フリートウッド・マック**／1967年にイギリスで結成されたロックバンド。初期はブルース、後期はポップを演奏するバンドで、両方のテイストで人気を博した。ちなみに対談中にあるアルバム『Rumours』は、1977年のリリースで、全米チャート31週トップに君臨し、アメリカだけで1800万枚も売れたという。

2　石丸元章さんが「投稿写真」で〜／石丸元章は、1965年生まれのライター・小説家・ラジオDJ。対談中で触れられている「ウワサを追いこせ！」は、成人雑誌「投稿写真」（サン出版）の読者コーナーに寄せられる真偽不明のウワサを集めた連載で、『ウワサを追いこせ！』（JICC出版局）、『ウワサを追いこせ！（'91）』『ウワサを追いこせ！（'93）』（ともに飛鳥《あすか》新社）として単行本化されている。

3　中条きよし／1946年生まれの演歌歌手。2度のデビューに失敗しスナックを経営していたころ、『全日本歌謡選手権』に出場。10週勝ち抜きのグランドチャンピオンとなり、1974年、中条きよし名義でのデビュー作『うそ』が150万枚を超えるヒットを記録し、同年の日本レコード大賞大衆賞を受賞。もともと役者志望だったこともあり、俳優としても「必殺仕事人シリーズ」などに出演している。

4　任三郎／フジテレビ系列で放送されていた刑事ドラマ『古畑任三郎』の主人公である警部補・古畑任三郎のこと。アメリカの刑事ドラマ『刑事コロンボ』と同じ〝倒叙法〟と呼ばれる見せ方で、ドラマの最初に犯行の全容が明かされ、田村正和《まさかず》演じる古畑任三郎警部補が、話術と推理力でアリバイやトリックを崩していく。通常の推理ものと違い、真犯人が最初から登場するため、犯人役には大物役者や著名人を充《あ》てた。対談中でリリーがモノマネしているように、古畑任三郎の話しぶりが非常に特徴的で、放映時は模倣する芸人や口まねをする一般人が続出した。

「酒とタバコとは？」

みうら　気を使う人ほど、酔っぱらわないと耐えられず、
つい飲みすぎてしまう

リリー　ほとんどの人は、酒そのものよりも
酒を介してのコミュニケーションが好き

M：そもそもはカッコイイ人がやってたからマネしたんでしょ。

L：オレらの子供のときは、ＴＶでも酒やタバコのコマーシャルをばんばんやっていいときだったから、ジェームズ・コバーン[1]がタバコを吸っている姿とか最高でした

よね。

M：高校生のときにできなかった3つのカッコイイこととは、セックス、ドラッグ、ロックンロール[2]だったから、せめてドラッグとしての酒とタバコくらいはマネしなきゃと思ってたなあ。

L：やっぱり同時代の人って、日本と西洋とか違う場所でも同じことを言うんですよね。日本で「酒もタバコもやらなくて百まで生きたバカがいた」[3]みたいなことを言ってたときに、西洋では「人生で禁じがたいものは酒と女と歌である」[4]みたいな。つまり「なんでやらないの？」っていうことだと思う。ヤク中の人が言ってたけど、どんなドラッグよりも酒が一番キクって。

M：説教まで出るからね（笑）。

L：でも酒を飲まない人が健全かっていえば……下戸《げこ》の人って、朝も昼も夜も同じ状態だから、結構、朝から女を口説くらしいんですよね。酒も飲んでないのに……。

M：本当に悪いヤツだねー。シラフで口説く……それは悪いヤツですよ。

L：オレらは基本的に、だいたい酒を飲んでいるのは夜だから、男と女は夜にそういう話をしてるもんだと思ってるじゃないですか。それなのに下戸の人は、朝からそういうことをやってるって聞いたときに、街を歩くの怖くなりましたね（笑）。

M：朝からはルール違反でしょ（笑）。

L：夜になったらそういう話をしていいですって、そういうものだと思ってた。

M：「寝る？」っていうのはダブル・ミーニングだからね（笑）。

L：そういえば人間ドックに行ったとき、動脈瘤《りゅう》を治すにはタバコをやめるしかないけど、本当にやめるつもりがあるなら薬を処方するって言われたんですよ。その薬は間違いなくタバコをやめられるらしいんですけど。タバコを吸うたびに気持ち悪くなるって……。それでそのときは「いや、やめません」って言ったけど、でもホントに自分がやめたいと感じたときは、その薬でやめられるんだなって思ったらちょっとラクになりましたけどね。

M：その薬もタバコの値上げに便乗して値上げしてくるんじゃないの（笑）。

L：でも一箱が4万円になったら、一本くれって言えなくなりますけどね（笑）。みうらさん、いくらになったらやめられると思います？　1000円ならやめますか。

M：1000円だと、酔ってたら買うなあ。

L：普通に[5]イギリスとか1000円くらいしますしねえ。

M：イギリスに行かないことだね。

L：そうなるとカートンで買ってる人はブルジョワジーでしょ（笑）。

M：もうモテモテでしょ。

L：あと、酒のおかげでつながっている関係というのはいっぱいありますよね。

M：ほとんどそれですよ。

L：どっちかというと、酒が好きなわけじゃないですしね、オレもみうらさんも。酒を飲むというコミュニケーションの形態が好きなだけだし、ほとんどの人がそうですよね、きっと。本当に酒が好きな人は、飲み屋じゃなくて家でひとりでもガンガン飲んでますし。

M：自分の家なら、もう一軒行く必要がないしね。

L：ただ、オレらが言ってるみたいに、お酒を挟んで人とコミュニケーションをとるのが好きすぎると、赤塚[6]さんみたいにホントにアルコール依存症になっちゃうこともありますけどね。

M：きっと普段から気を使う人は酔っぱらわないと耐えられなくて、つい飲みすぎちゃうんだよね。それは、ちょっとわかる。

L：みうらさん、タバコは何歳から吸い始めました？

M：15歳ぐらいですかね。家では誰も吸わないんですけど、家庭教師の人が、ハイライトを吸ってて。残ったシケモクを吸うっていうのが、オレのドラッグだったから。

L：オレもタバコの吸い始めは15歳くらいでしたかね。しかも、うちでは両親も親戚《しんせき》もばあちゃんも、周りの大人は全員吸ってるという状況でしたから、子供ながらに、「吸わない人は病気なんだろうな」って思ってたくらい（笑）。

M：「今日も元気だ、タバコが旨《うま》い」って言うもんね。でも『ダイ・ハード』シリーズもついにブルース・ウィリスが禁煙しちゃったしね。[7]

L：やめようって思ったことあります？

M：全然ないけど、具合が悪くなったら、ちゃんと吸ってないしね。十二指腸潰瘍《かいよう》のとき、吸ってなかったもん。

L：酒は、二日酔いになったり悪酔いしたときは、「ほんと酒やめたいなー」と思うときがあるじゃないですか。「昨日、人に迷惑かけたなー」とか、『あんなこと言っちゃったなー』とか。でもタバコに関しては、そういう大病のとき以外はあんまりないじゃないですか。

あと、タバコを嫌いな人は、「副流煙が迷惑だ」みたいなことを言うけど、そんな迷惑を考えたら、ファミレスの隣で話しているくだらない話が耳に入るだけで、こっちだって相当迷惑してるんだって言いたいですよね。喫煙席と禁煙席じゃなくて、「面白くない話するヤツ席」も作ってほしいですよ。店員に「面白いですか？」

って、まず聞いてほしいですよね（笑）。「面白くない人は、どうぞあちらです」って。

M：「副流おもろ」[8]は困るよね、ほんと。でもさ、自分ではおもろいと思って会話してるヤツが、「面白くない話するヤツ席」に入れられると、かなり切ないね（笑）。

【注釈】

1　ジェームズ・コバーン／1928年生まれのアメリカ人俳優。映画『荒野の七人』や『大脱走』などで活躍し、1998年の『白い刻印』でアカデミー助演男優賞を受賞。2002年に心臓発作で死去。対談中で触れているタバコのCMはフィリップモリス社の「LARK」のことで、CMの決め台詞《ぜりふ》である「Speak Lark」は当時の若者たちの口癖にもなった。

2　セックス、ドラッグ、ロックンロール／1960年代、ベトナム戦争が泥沼化した頃、反戦志向と自然志向が合体したヒッピー文化が台頭。ヒッピーたちは「ラブ&ピース」を唱え、戦争に反対し、自然と平和と歌を愛し自由に生きることを主張。そんな彼らがライフスタイルとして提唱したのが「セックス（フリーセックス）、ドラッグ、ロックンロール」で、当時のロックミュージシャンたちの合言葉となっていた。

3　「酒もタバコもやらなくて百まで生きたバカがいた」／都々逸《どどいつ》の一つで、正確には「酒もタバコも女もやらず、百まで生きたバカがいた」というもの。超健康志向の現代社会ではありますが、どうせいつかは死ぬのなら、酒やタバコで人生に花を添えるのも個人の自由なのでは。

4　「人生で禁じがたいものは酒と女と歌である」／アメリカのユーモリスト、フランクリン・アダムス（1881～1960）『古来から3つあるもの』の言葉。ほかに、16世紀ドイツの宗教改革者として有名なマルチン・ルターの「酒と女と歌を愛さぬものは、生涯愚者である」もある。日本で言うところの「飲む打つ買う」と同義だと思われ、行為そのものというよりは、いわば魅力的な人間になるための嗜《たしな》みの必要性を説いているのではないだろうか。ちなみに、ヨハン・シュトラウス2世が作曲したワルツにも、この言葉を題材にした『酒・女・歌』という名曲がある。

5　イギリスとか1000円くらいします／イギリスやノルウェー、アイルランドなどは世界でも有名なタバコの高い国で、一般的な値段としては1300円程度する。なかには「イギリスに旅行に行って自販機でタバコを購入したところ何本か抜かれてて驚いた」という人もいるとか。ただ、紙巻きタバコに比べ、手巻きタバコは格段に安く、喫煙者の多くはこちらを吸っているようだ。ちなみに買う店によって値段が違うのも日本とは違うところ。そのほか、イギリスで「タバコ（tobacco）」は葉っぱのみを指し、日本人のイメージするタバコは「シガレット（cigarette）」。

6　赤塚さん／赤塚不二夫《ふじお》氏のこと。1935年生まれの漫画家。2002年に脳内出血で倒れて入院生活となり、2008年に肺炎で死去。もはや説明不要の昭和を代表するギャグ漫画家だが、素顔を知る人は一様に、その真面目《まじめ》さやさびしがり屋の性格を指摘する。そんな性格ゆえか、連日のように多くの人を集めて宴会を行い、晩年はアルコール依存症に苦しんだ。

7　『ダイ・ハード』シリーズ／1988年に1作目が公開された、ブルース・ウィリス主演のアメリカ映画。第1作は高層ビルが舞台で、第2作『ダイ・ハード2』は空港、第3作『ダイ・ハード3』はニューヨーク全域が舞台。対談中で触れられているのは、ブルース・ウィリス演じるヘビースモーカーのジョン・マクレーン警部補が、『ダイ・ハード4・0』で禁煙に成功した設定になっていたということ。

8　「副流おもろ」／飲食店で近くの席の人が面白くない話をすることでの耳障《みみざわ》り具合を、非喫煙者が喫煙者の吐き出す煙により健康被害を受ける「副流煙」とからめた造語。厳密に言えば「副流おもろない」だが、言葉の魔術師である、みうらにかかれば語感重視でこうなるという好例。

「羞恥心《しゅうちしん》と自尊心とは？」

みうら　プライドなんか
フリーマーケットで売っちゃえばいい

リリー「日本人は自尊心が低すぎる」と言われるが、
本当に低いのは美意識

M：「羞恥心」[1]って聞くと、今さらですけど、どうもあの人たちの歌のイメージがついちゃって（笑）。いまだにメロディまで出てくるよ。

L：「羞恥心」という言葉を見て、あの歌のメロディが出てきている自分に羞恥心を感じますよね（笑）。

M：自尊心は……なくていいね。プライドはないにこしたことはない。

L：美意識さえ持ってれば、プライドはなくていいですよね。逆にプライドは持ってるくせに美意識のない人がいっぱいいますよね。

M：たいがい、そっちでしょ。

L：プライドって自分のためだけのものですよね。美意識というのは、自分が美しい、大切だと思うもののことだから、逆に自分のプライドを捨ててでも美意識やその対象を守りたいと思うものですよね。

M：みんなプライドなんかフリーマーケットで売っちゃえばいいのにね。

L：他人のプライドは10円でもいらないですがね（笑）。よく、「日本人はプライドが低すぎる」って言うけど、プライドじゃなくて美意識が低いんです。プライドはとても高いんですよ、日本人は。

M：美意識って、自分に合ったサイズのものならいいけど、人の決めた基準で言ってる人がいるからね。その人に見合ってないことを言うことがあるじゃないですか。もちろん、自分にもあるけど、見合ってないことを言ったりしてるときって、やっぱり恥ずかしいよね。

L：羞恥プレイ[2]は好きですけどねえ。

M：あれはいいねえ（笑）。若いころ、SMクラブの取材に行かされたことがあって、「お前、プライド高そうだから、いじめがいがあるな」って女王様に言われて、「わ、見抜かれた」と思ったなあ。亀甲縛りやローソク[3]は全然平気だったけど、「どんな漫画描いてるんだよ」って聞かれたとき、すっごい恥ずかしかったよ。一生懸命、説明したんだけど、「つまんねえ漫画描いてんじゃねえよ！」って、本当にプライドずたずただもん（笑）。

L：それSMじゃなくて単なる悪口ですよ（笑）。

M：そっか（笑）。気がつかなかったよ。

L：でもそれって、自尊心が壊れて羞恥心が芽生えた瞬間ですよ（笑）。やっぱり背中合わせなんですねえ。

M：Mの才能あったってこと？　オレ？（笑）　自尊心は、一回潰《つぶ》されたほうがいいんだよね。一回潰されると背負っていたものが借り物で、実は自分には何もないことに気づくからね。オレだって一応、漫画家を自称してるけど、基本的にアンパンマンをスラスラ描けないと親戚《しんせき》の子供には認めてもらえないっていうことだもんね。子供相手に「オレにはオリジナルの漫画があるんだ」と言っても、そんなのダメでしょ。

L：それって歌手が、オリジナルの歌を全然知られてなくて、ほかの歌を歌ったときに、「あ、歌うまいんだね」と言われるのと似てますね（笑）。

まあやっぱりプライドなんか、なくていいんじゃないですか。ないほうが、何を言われても腹が立たないしラクじゃないですか。そもそも人が怒るときでも、自分のプライドを傷つけられて怒るヤツって、やっぱり怒り方がセコいですしね。何に対して怒るかということで、その人の大切にしてるものがわかるでしょ。「結局、自分のイヤなことを言われて怒ってるだけじゃん」っていう状態って、一番みっともない自尊心の見え方だし。

M：経験を積んでいくなかで、自尊心っていうのがとてもセコいものだっていうことに気づくんだよね。

L：結局、大人になってそういうことで怒ってる人って、自分自身に対して自信を持てないから、他者を攻撃してるんだと思う。

M：プライドってなくしていけばいくほどラクになるんだよね。「なんで怒ってるんだ？」ということを己に何度も問いかけることで、「カッコ悪いじゃん」ということを、脳に叩《たた》き込まなきゃ。

L：だから結局、プライドといわれている雰囲気のものをなくしていけば、羞恥心というのもある程度なくなっていくんですよね。逆につまらないプライドをいつまでも持ってると、羞恥心にまみれますよ。

【注釈】

1　「羞恥心」／一般的に恥ずかしいとされる行動を取ってしまった場合に感じるもので、感じる程度は当人の自尊心のありようによって異なる。なお、対談でみうらが触れている「あの人たち」とは、クイズ番組『クイズ！ヘキサゴンⅡ』（フジテレビ）の解答者のうち、珍解答を連発した通称「おバカタレント」3人で編成された音楽ユニット。メンバーは全員が役者で、つるの剛士《たけし》、野久保《のくぼ》直樹《なおき》、上地《かみじ》雄《ゆう》輔《すけ》の3人。2008年にはデビュー曲の『羞恥心』で、第50回日本レコード大賞特別賞を受賞し、同年の第59回NHK紅白歌合戦にも出場している。ちなみに、島田紳助がカシアス島田名義で、全曲を作詞している。

2　羞恥プレイ／性的興奮を高めるためにセックスやSMプレイの最中に、パートナーの羞恥心を煽《あお》る行為。基本的にS側（サディスト）がM側（マゾヒスト）に対して行い、例えば「鼻フックをつける」「下着を着けずに歩かせる」などがある。注意すべきは、強制わいせつ罪や公然わいせつ罪に問われる可能性があること。また最近では、性的行為に限らず、「他人が青春時代の恥ずかしい髪型の写真を第三者に見せる」ことや「仲間内で好きな異性の名前をむりやり言わされる」なども「羞恥プレイ」と呼称されることもある。

3　亀甲縛りやローソク／SMプレイの一つ。亀甲縛りは、SMの緊縛プレイにおいて一般的な縛り方。拘束が目的ではなく、乳房、腹、尻《しり》などを強調するための縛りで、見た目が亀《かめ》の甲を連想させることからこう呼ばれる。対談でみうらが触れている「ローソク」もSMプレイで使われ、ローソクのロウを体に垂らし熱がる様子を楽しむもの。ちなみに、プレイ用のローソクは、「和ろうそく」と呼ばれ、一般に市販されている洋ローソクよりも融点が低く、溶けたロウもヤケドするほど高温ではない。

「それで結局、人生とは？」

みうら　とことん破綻《はたん》すれば「偉人」にはなれるかもしれない

リリー　人生の目的を大きく持とうとすると、逆に騙《だま》されやすくなって危険

M：人生の目的って、どうやらない、と聞くよ（笑）。

L：らしいですね……（笑）。

現代日本の高齢者の自殺は深刻だと思うんですけど、高齢や病気になると生きる

意味や孤独にからめとられてしまうのかもしれないですね。子供たちも手がかからなくなって、仕事も落ち着いて、そしてお金もなくなって、生きる目的が終了したって思いがちで、そうなったときに死を選ぶ傾向にある。という意味では生きる目的が、子供を育てるためだとか、畑を育てるためだとかって思えば思うほど、結果的にそれが自殺の引き金になりますよね。「目的」とか「意味」って罪な言葉ですよ。

M：結論は、「死ぬまで生きるだけ」なんだってね。生きる目的は、死ぬまで生きることなんだ。それでも何であれ自分の意見が何もなくて生きてるのはイヤだけどなー。仕事でもこれは絶対引き受けないとか、これは必ずやるとかの基準を持って生きるのがいいよ。

7、8年前に原発の広告の仕事[1]が来て、すごいお金がよくて……。クラッとする金額ではあるけども、よくよく考えると、そんなことまでしてお金ほしくないってやっぱり思うんだよね。原発について真剣にそれを考えたことはないけど、何も考えずに乗っかってお金をもらうことは、それは自分の意に反してるって、すごい思うんだよなぁ。でもそれがあるからまだやっていけるわけで、来る仕事すべてギャラがよかったら何でもやるっていうなら、もう生きる目的はないかもしれない気がする。

L：オレとみうらさんの思ってる「生きる目的」みたいなものは、自分の美意識を、生きているうちはちゃんと守りたいっていうことなんですかね？

M：少なくとも、「やりたくないことはやらない」ということではあるよね。

L：なかなか難しいですけどね。やりたくないことばかりで（笑）。
でも、やっぱり、何かを守りたい意識っていうんですかね。それは例えば、お母さんが自分自身の未来に希望みたいなものが見えなくても、自分の子供を育てるということが十分に生きる目的になり得るわけで。なんなら、もっと小さなことでいいと思うんですよ。大きな目的を持ちなさいとか、そういうことを考えるから詐欺《さぎ》にあいやすいと思うし、騙されちゃうんだと思う。

M：でもさ、もしも人生の目的がお金なら、やっぱり「いくら稼げばもういい」っていうのは知りたいね。

L：人生ゲーム[2]も、ゴールありますからね、あれ。

M：しかも、子供の人数が最後にはお金に換えられるしね。

L：なんか、よく考えたらそれもヒドい話ですね。あ、でも「子ども手当」みたいなもんか。

M：最近の人生ゲームって、自由業とかタレントとか選べるんだよ。それでも最後は大金持ちか貧乏ってことなんだけど（笑）。

L：生々しくなってるなあ。

M：そうしないと人生ゲームとして、つまんないんだろうね（笑）。

L：その選択肢の中にサブカルはないんですよね？「『ガロ』に投稿」[3]とか（笑）。

M：うん、「『ガロ』に投稿してヒトコマすすむ」は、ないね。っていうか、コマは「ヒトコマ戻る」だろうし（笑）。

L：目的意識かどうかわからないけど、長生きしたいとはみんな思うはずなんですよ。まだ、やり残したことがあるっていう。やり残したことがなんなのかっていうのは漠然としてるんだけど、やんなきゃ死ねないっていう宿題みたいなものですよね。

M：だから宿題って、夏休み入ってすぐにやっちゃいけないんだよ。ま、人生の宿題はどこに提出するんだってことが問題だけど（笑）。

L：前に、死ぬまでにやんなきゃいけないことを考えてみたら、大きい絵をキャンバスに描いてみたいとか、地球のいろんな場所を見てみたいとか、単純なことを思ったんですよね。でも、みうらさんはもう、それもやってるじゃないですか。そうなると、みうらさんのなかのやり残したことって、どういう形になって見えるんですか？

M：スポーツですかねえ。

L：なんで嘘《うそ》つくんですか（笑）。

M：「真央ちゃん」[4]とか、呼ばれてみたい。

L：呼ばないよ、「じゅんちゃん」なんだから（笑）。

M：全国民に「じゅんちゃん」って呼ばれるには、世の中の価値観を変えなきゃならないでしょ。

L：でもみんな、どこかで世界を変えたいっていうのはありますよね。何かを変えた人として歴史に残りたいんですよ。パナマ運河を造った人[5]みたいに（笑）。

M：（笑）。しかも偉人って、小学校のときに知ったような偉い人だから、人間的にも偉い人だとずっと思ってきたけど、だいたいダメな人じゃないですか（笑）。そういう意味では、なれる可能性はあるんですよね、とことん破綻すればいいんだもん。

L：みうらさんが世界を変えたことって、初めてサブカルでお金を持ったことなんじゃないですか？『モモコ村』[6]に描いてたのに（笑）。

M：描き始めたときカット2000円で、しかも途中で「倍に上げますよ」って編集長から言われたからね（笑）。

L：そりゃ、金持ってるわ。倍だもん（笑）。

【注釈】

１　原発の広告の仕事／原発関連の広告やＣＭの出演料は非常に高額で多くのタレントや有名人が出演していたが、東日本大震災後、いわゆる「原発文化人」としてネットを中心に吊《つる》し上げにあったことは記憶に新しい。なお、この対談は震災前に行われたため、そのことには触れていない。

２　人生ゲーム／１９６０年に米国で発売され、日本でも１９６８年、玩具《がんぐ》メーカーのタカラ（現・タカラトミー）が発売したボードゲーム。ルーレットを用いた双六《すごろく》のようなもので、スタートからゴールまでを人生になぞらえたことがヒットし、現在までの発売数は１０００万個を超えるという。

３　『ガロ』に投稿／１９６４年から２００２年頃まで青林堂が刊行していた伝説的漫画雑誌。作品の独創性や実験性を重視した編集方針で白土三平や水木しげる、つげ義春《よしはる》、蛭子《えびす》能収《よしかず》、ねこぢる、内田春菊《しゅんぎく》など、漫画界の異才・奇才を多数輩出。個性的な漫画家たちを「ガロ系」と呼ぶこともある一方、原稿料の安さや未払いでも有名で、最後は経営難や編集部内の内紛などの影響で惜しまれつつも休刊。みうらも『単になんぎなうし』『アイデン＆ティティ』を連載していた。

４　「真央《まお》ちゃん」／１９９０年生まれのプロスケーターでタレントの浅田真央のこと。２０１０年バンクーバーオリンピック銀メダリスト。２００８年、２０１０年、２０１４年世界選手権優勝。四大陸選手権優勝3回、ＧＰファイナル優勝4回。全日本選手権優勝6回。姉は同じく元フィギュアスケート選手の浅田舞。

５　パナマ運河を造った人／かつてスエズ運河を造った男ですら、事故や伝染病で2万人以上の犠牲を出した末に投げ出したパナマ運河の開通工事。そんなパナマ運河を造った人を描いた「パナマ運河物語」（山本有三著『心に太陽を持て』に収録）には、その人柄により、人種のるつぼのような労働者たちから慕われた最高責任者の軍人と、最大の障壁であった伝染病（主に黄熱病）に、蚊を根絶させるという大掛かりな対策で立ち向かった軍医の話が描かれている。なお、同書にも収録され、タイトルともなっているツェーザル・フライシュレン（ドイツの詩人）の「心に太陽を持て」という詩は、2011年4〜10月に放送されたNHKの連続テレビ小説『おひさま』で使われたことで再び注目された。

6『モモコ村』／学研から刊行されていた、月刊女性アイドルグラビア雑誌『Momoco』（1994年廃刊）のなかのワンコーナー。みうらが挿絵を描いていた。ちなみに、みうらがグラビア誌やエロ本で仕事をするのは、本人いわく「ギャラじゃなくてエロスクラップの素材として献本してほしかったから」だとか。

第二章　「人間関係」にまつわること

「結婚・離婚・浮気とは?」

みうら　結婚とは、相手と褒め合うもの。それも言葉でないと、基本的に他人だから伝わらない

リリー　男女は「カラダの相性＝具合」さえよければ、離婚はしないと昔から言われている

みうら（以下、M）：よくさ、「結婚は人生の墓場」[1]とかって言う人がいるけど、なんでそう思うかな。

リリー（以下、L）：「安定」と答える人もいるけど、少なくとも結婚することでもの

すごく責任が生まれるわけだから、正確には「安定を目指す」ことが始まるんでしょうね。

M：それも二人分の安定だよね。つまり他人の安定の責任まで持たなきゃなんないってことでしょ。だから男の人はなかなか「結婚しよう」なんて言わないでしょ、青春ノイローゼ[2]じゃない限り（笑）。「別れることもあるかもしれないし、だったら最初からしないほうがいい」って悩むほうが普通だもん。

　男が結婚する理由ってさ、たんに「寂しいから」っていう理由がメインだろうね。「このままズルズル付き合って結婚の話が出ないんだったら、私も考えなきゃね」って言われて、急に自分だけ考えてなかったことに寂しくなるんだよ。「僕も考えなきゃね」ってことなんだよ、きっと。リリーさんはまだ結婚してないけど、突然、意味もなく寂しくなるとき結婚するんじゃない？

L：毎日、食前食後に寂しいんですけどね（笑）。

M：（笑）。結婚するってことは、自分をだいぶ捨てなきゃならないじゃないですか。でも、だいぶ捨ててもいいくらい寂しくなるときが来るんだよ。それでも、オレもそうだったけど、結婚生活を送るなかで今までの自分じゃない自分がつくれるようになると少しラクになるんだよね。だから、ずっと何股《また》もかけてるヤツは、心からすごいと思いますよ。

L：オレは、女の人と一緒に住んだことがないから、それ以前に人と住むことに戸惑いがありますね。

M：それは理想があって、この人じゃないって思ってるから、同棲《どうせい》ですら先送りになってるの？

L：そうじゃないんですよね。同棲しないのは、一緒に住んでるのに籍を入れてないのがオレにとってはいい風景じゃないんです。だって、役所に紙きれ一枚出すかどうかとか、財布がちょっと違ったりとか、といった程度の違いじゃないですか。それなのに籍も入れずに同棲することに意味を感じないのかも。

M：リリーさんは、結婚に関して女の人から詰め寄られたことはないの？

L：うーん、やっぱりそういう状況になることはありますよね。向こうがその雰囲気をびんびん出すときがあるから。そう考えると、60歳ぐらいの男の先輩が選ぶ女性が、すごい若い娘か熟女になるのは、「私も考えなきゃね」って女が言いだす年代を避けたいからなんでしょうね（笑）。いずれにしても、今まで結婚してないということは、単純にオレ、そんなに必要とされてなかったんですよ（笑）。

M：結婚を前提に考えて付き合うのが、そもそもフツーだと思うんだけど。だって他の男に盗《と》られたくないというのが正直な理由で（笑）。

L：みうらさんって、どんな女性に対しても、まず結婚を想定してますよね（笑）。

M：もちろんですよ（笑）。「このコと結婚したらどうしよう」とか、すぐ思うんだよね。結婚したら自分も変われるっていう幻想がまだあるからだと思うよ。でも本当は、変われるんじゃなくて、変わらなきゃいけないだけなのにね。

L：一緒に住むという意味では、男の人とも住んだことがありますけど、やっぱり最後は別れますよね。で、ずっといられるのは、実は女だったりするというのが不思議。男のほうが気は合ってるし、いられるはずなのに。あと離婚するのって、ものすごいエネルギーが必要らしいですね。

M：たぶん、多くの離婚は、相手のすべてが嫌いになったわけじゃないから疲れるんだよね。かつては好きだった相手なわけだから、「坊主《ぼうず》憎けりゃ袈裟《けさ》まで……」みたいなことって、そうそうないじゃないですか。そこまでいったふたりであれば、せいせいするんだろうけどね。むしろ本当のホントは、そこまで到達した人たちじゃないと離婚してはいけないんじゃないかな。

L：そういう意味では、「結婚は多くの苦痛を持つが、独身生活は喜びを持たない」という言葉があるんですけど、あれはなんかわかるような気がしますね。オレの好きな結婚に関する名言には『フィガロの結婚』[3]のなかの「あらゆる真面目《まじめ》なことのなかで、結婚というものが一番ふざけてる」っていうのもありますけど（笑）。

M：だって結婚式って、双方の親戚《しんせき》一同が並んでるわけでしょ。あれって、年とったらこんなふうになりますよっていうサンプルを見せ合ってるわけだし、その状況がすでに面白いよね。そのうえで、「それでもいいですか?」っていうことだもん。でも、そのときって浮かれてるからわからないんだよね。それに、生き物って生まれた瞬間から婚活が始まってるっていうね。

L：前に夕方のニュースで婚活している女性の特集をやってて、婚活パーティに頻繁に通ってる女の人2人に焦点を当ててたんです。

一人は「この女の人、自分のこと綺麗《きれい》だと思ってるんだろうな」っていう感じの、そうでもない人で。その人が、女性のほうが参加費の高い「男性は医者限定」っていうパーティに行くんだけど、やっぱりモテてない。それでもその人は、「理想っていうのは、ある程度高いところから始めないと、どうせ目減りするんだから」って言うわけですよ。年収に関しても「高い男から当たっていかないとダメなんだ」みたいなことばかり言って、要は自分をどれだけ高く売るかばかり考えてる。この人がモテない理由はちょっと救いようがないじゃないですか。

で、もう一人の女の人は、ちんちくりんのメガネの女の人なんですけど、この人がモテない理由っていうのは、とにかく理屈っぽくなってるからなんです。本当は暗い人なんだろうけど、そういうところに行ったらしゃべらなきゃと思って、相手がしゃべる暇ないぐらいしゃべってるんですよ。相手が何か言ったら「あ、今ツッコまなきゃ」みたいに。『アタック25』[4]でやり慣れていない人のガッツポーズを見た感じ。で、その人は家ではいつもメガネをかけてるのに、パーティではかけてないんです。歯の矯正にも行ってるし、ちゃんと女磨きをしてるんですけど、その人メガネを外すとすごい視力が悪いみたいで、相手の前でその男の人のアンケートを顔にくっつけるようにして読んでるんですよ。棟方志功[5]みたいに。その様子を見た男は「なんだこの人⁉」ってちょっと引いてる。ほかにも、綺麗な格好をしてきてるんですけど、お化粧するときもメガネを外してるから、眉毛《まゆげ》が福笑いみたいになってて（笑）。ああいうの見ると、なんでもっとラクに考えられないのかなって不思議になりますよね。歯の矯正もして、お洒落《しゃれ》もし、一生懸命自分を磨いてるんだけど……。「まずコンタクト買えば？」って（笑）。でも、こっちの人のほうがまだ、未来を感じました。

M：オレも目が悪いからわかるけど、あれ、本人は意外と気づかないってね（笑）。

L：コンタクト買えば、アンケートも近付けなくても読めるし、眉毛ももうちょっとマシに描けるはずなのに。簡単なことがぽっこり欠落してて。ひとり「あんた、コンタクトにすれば？」って言ってくれる友達がいれば、その人モテるようになりますよ。そういう意味でも、モテるって特別になることより、変なことが少なくなることじゃないですか。平凡になるってことですよ。平凡な人間が一番モテる。

M：変わってる人がモテるなんて、ないからね。変わってるけどお金があるからモテるとか、ほんの一例だもんね。

L：変わってる人のことが好きな人は、性癖として好きなわけで。だって、女の人に対する男の趣味とか好みって平凡じゃないですか。

M：趣味は顔面騎乗なんて普通は言わないよね。

L：いや、言ってますけどね。オレは（笑）。

前に、今までずーっと遊びまくって700人とセックスした75歳ぐらいのじいさんが、「40歳過ぎまで遊び倒して、そしてひとまわり以上、年下の女を嫁にもらいなさい」って言ってたんですよ。男もそれくらいになれば、遊びもだいたい落ち着いてきて、そして若い嫁さんをもらって子供ができれば、その年でできた子供はかわいいし、嫁さんも自分が生きている間はかわいいからいいんだって。[6]一番よくないのは、子供が子供をつくること。落ちつく前に子供をつくると、自分が子供だから子供として見れないし、かわいがることもできないって。で、子供に愛情を持てないとなると、嫁さんになんか愛情を持てるはずがない、と。

M：なるほどねえ。昔から年寄りっていいこと言うんですよ。周りが聞いてないだけでね（笑）。

L：世界中のおっさんは、そのおっさんと似たようないいこと言ってますね。

M：名言っていわれるものは、ものがわかってないと言えないからね。

L：でも名言って、得てして身も蓋《ふた》もないことを言いがちだったりしますけどね（笑）。

M：「人間はくそ袋だ」みたいなもんでしょ。

L：その身も蓋もないことを言う勇気のある人の言葉が残るんですよね（笑）。

M：結婚ってね、結局ダメになる原因は互いが褒め合ってないからだと思うんですよね。ずっと褒めるとこ捜してたら、離婚しないと思うんですよ。

みんな相手が褒めてくれなくなってきて、「たまに褒めてくれてもいいじゃん」って不満を言うんだよね。そうなるともう一方も売り言葉に買い言葉でさ、「そんなの言わなくてもわかってると思ってた」って。でも、言わなきゃわかんないですよ、基本的に他人なんだから。

L：「男の浮気は浮気のままだが、女は浮気すると本気になる」という言葉もありますけど。

M：若いころモテなかった人の名言だよね、きっと（笑）。それは当然、夜のことを言ってるんだろうね。浮気相手の男がさ、「奥さん、若くてキレイだよ」って褒めるから本気になるんじゃないの。

L：浮気相手の男って、そういう冗談を真顔で言うもんね（笑）。あと褒め合っていると、もし浮気をしても、その人のことを捨てられないですよね、たぶん。「あんなに褒めてもらったし」って（笑）。

M：もう、この女が褒めてくれる最後の存在かもしれないってね（笑）。

L：イチローみたいにあんなにストイックな人間でも、性欲だけはコントロールできないって自分で言ってるでしょ。性欲をどうコントロールするかの問題でしょ、浮気っていうのは。性欲がまったくなくなれば、恋愛するのかすら怪しいわけだから。逆に、最初はそんなに好きじゃなくても、セックスしてるうちに恋になってしまうことだってあるしね。

M：「具合」とかあるしねえ（笑）。具合っていうのはすごく大きいもんね。いや、具合がすべてかもしんない。よく「カラダの相性」って言い換えることもあるけど、要は「具合」だよね。「具が合う」ってこと。

L：なんか、気持ち悪いっすね、「具」って話になると（笑）。でも、ほんと何百年も前の人が、それが一番切れない関係だと言ってますからねえ。カラダが離れないのが一番って。具合と別れることはできないですもんね。その人と別れても、「その具合だけ置いといてくれ」って（笑）。

具合って感覚的にわかるじゃないですか。「オレもそうだけど、この人も誰とでもこの感覚を味わってるわけじゃないだろうな」って。だから、理屈じゃない部分で、生物的にものすごく近い人といる気がするんですよね。具合がいいと、精神的な充足感を得られる。

M：心底安心できるのは、具合がいい人といるときですよ。具合がイマイチな人はやっぱりねえ。

L：「具合悪い」っていうぐらいだから（笑）。

M：具合がいい人を見つける旅なんだな、人生って（笑）。

L：具合が悪いから性格が合わないんですよ。

M：性格のほうで補おうとするんだけど。やっぱり「具」には勝てないんだよね。

L：毎年、[7]日本人の離婚原因の1位が性格の不一致、2位が浮気なんですけど、実質は、浮気をしている人たちもほぼ没交渉なわけですから、1位と2位は同じことじゃないですか。だから、やっぱり男女は具合さえよければ離婚しないんですよ。

M：性格いいから金やるっていうことはあんまりないけど、具合がいいとお金出しちゃうときってあるでしょ（笑）。

L：でも具合って、何をもって「具合がいい」と言ってるか、言葉にできないですよね。

M：それぞれに合うわけじゃなくて、それにしか合わない部品があるんだよね。

L：でも具合のいい人に出会ったときに、腕とか顔に触れているときから何かわかるじゃないですか。そのフィット感っていうか、くっついたときに隙間《すきま》が空いてないんですよね。

M：[8]テンピュールのように、「にちゃー」っと埋まるような感じのね。スコスコやガバガバじゃなくてね。

L：ただ、こっちがガバガバだと思っても、ほかの人が具合いいと思ってるケースもあるんですよね。「割れ鍋《なべ》にとじ蓋」みたいな。だから、男も女も小さいとか大きいってのは、お互いの具合が合わないだけで、その人たち自身は悪くないんですよ。

M：それが、もし世界に一つしかない鍵《かぎ》と穴だったら、大変だよ。全世界を旅しなきゃならないからね。カチッと音がするか、試してみないとわからないんだもん。みんなヤリチン、ヤリマンにならざるを得ないしね。

L：あなたにはそういう人が必ず一人はいるっていうことがあれば、全員が旅するんじゃないですか。しかも30回以上やったら自分の鍵や鍵穴が壊れるっていう話だったら面白いですよね（笑）。

M：「黒ひげ危機一髪」[9]的な、30回刺したらポーンとチンコが飛んじゃうとかね（笑）。

L：「見つけたー！」っていう人がいたら、もう超拍手ですよね。その人の体験談をまとめた本、売れますよ。そういう人に限ってまたいいこと言うじゃないですか。『青い鳥』[10]の話みたいに。

M：まあ結局は、鍵と穴ですね。宍戸錠《ししどじょう》ですよ、いや穴と鍵（笑）。

【注釈】

1　**「結婚は人生の墓場」**／結婚についてのネガティブイメージを象徴する言葉。ほかにも「お小遣いが3万円」「亭主元気で留守がいい」「帰宅しても嫁がお帰りも言ってくれない」など、未婚男子が結婚したくなくなる言葉は多い。

2　**青春ノイローゼ**／いい大人が、「10代から20代前半に経験した燃えるような青春時代を忘れられずにいる症状」を意味する、みうらの造語。ちなみに、みうらの同名タイトル『青春ノイローゼ』（双葉社）は文庫版も絶賛発売中。

3 『フィガロの結婚』／フランスの劇作家カロン・ド・ボーマルシェが書いた貴族階級を風刺した戯曲。ちなみに、同戯曲を題材にモーツァルトが作曲したオペラ作品も有名。

4 『アタック25』／１９７５年からテレビ朝日系列で放送されているクイズ番組で、正式には『パネルクイズアタック25』と呼ばれている。最近ではあまり見られない視聴者参加型クイズ番組。放送開始より36年間、児玉清《こだまきよし》（２０１１年5月死去）が司会を務めていたが、児玉の体調不良に伴い、２０１１年春に浦川泰幸《やすゆき》アナウンサーが引き継いだ。現在の司会は谷原章介。

5 棟方志功《むなかたしこう》／日本を代表する板画家（１９０３年〜75年）。青森県出身。１９４２年以降、「版は半分の意味だからダメだ」との理由から版画を「板画」と称し、木版の特徴を生かした作品を一貫して作り続けた。極度の近視で、板を彫るときに顔が板にくっつくほどの至近距離で制作していたという。

6 一番よくないのは、子供が子供をつくること／ここでいう「子供が」は大人としての自覚に欠ける成人（主に子供よりも自分本位でものを考える若い親）のことを指す。

7 日本人の離婚原因の1位が性格の不一致、2位が浮気／ここ数年、家庭裁判所における婚姻関係案件では、申し立て理由として多いのは「性格の不一致」が40〜50％で、「異性関係」が20〜30％、近年はこれに加え（主に夫から妻への）「暴力」が増えてきている。

8 テンピュール／１９６０年代にＮＡＳＡが宇宙飛行士の体にかかる重力を和らげるために開発した素材「ヴィコエラスティックフォーム」を基に、スウェーデンのファゲダーラ社が寝具として商品化したもの。商品の特徴は「低反発で体にフィットする」ことで、寝ているときに頭や体が密着し、安定した睡眠をとれるというのがウリ。

9 「黒ひげ危機一髪」／トミー（現・タカラトミー）が１９７５年から発売しているロングセラー商品。海賊が頭だけを出している樽《たる》に向けて短剣を刺し、樽から海賊が飛び出したときのプレイヤーの反応を楽しむゲーム。

10『青い鳥』／ベルギーの劇作家、モーリス・メーテルリンク作の童話劇。2人兄妹《きょうだい》のチルチルとミチルが、夢の中で幸福の象徴である青い鳥を探しに行くが、結局のところそれは身近な鳥かごの中にいたという物語。転じて、「今の自分は本当の自分ではないと思い込み、定職に就かない人」や理想の結婚相手を追い求めて現実の相手をいつまでも拒否し続ける人などのことを「青い鳥症候群」という。

「親子とは？」

みうら　親を見れば自分は彼らのコピーであり、
オリジナリティなどないとわかる。
もしあるとすれば、それはコンプレックスだけ

リリー　反発しても、家を出ても、時間がたてばたつほど、
自分が親と似ていることに気づく。
血の問題は、変えがたいもの

M：哀《かな》しいかな、似てますよ。
L：似てるということに、年をとればとるほど気づきますよ。
M：若いころ、とにかくそこから離れたくて、「似てない似てない」って言ってたの

に、やっぱり転写したみたいに似てますよ。そのほうが神様も作りやすかったんでしょ。大本と変えて出すほうが、ひと手間かかるもん。

L：結局、親に対して反発したりして、仮に家を出ていったとしても時間とともにどんどん似ていることに気づく。オレは田舎がイヤで出たけど、知らないうちに郷土愛がどんどん強くなるってのと一緒で、もう変えがたいですよね、血の問題は。

M：「オレはオレだ」なんて頑張って変えようとしたけど、最終的には親やみんなと一緒だっていうことに気づいて死ぬんだよね。社会のネジみたいにならないぞって思うけど、結局、生きてる限り社会のネジだからね。

L：だったらネジのなかで、いいネジになればいいんですよ。どんなネジかは知らんですが（笑）。

M：なにせ、オレの巨乳好き[1]は、気づけば「オカンが巨乳だった」というだけの理由だしね。もうガッカリした（笑）。すべて自分がオリジナルだと思っていたのにね。

L：オトンのほうが先に巨乳好きってことですもんね（笑）。親に限らず、友達でも先輩でも、よくよく見ていけばそんなに大差ないっていうことがわかるじゃないですか。そのなかで、オリジナリティとかアイデンティティとかを探そうっていったら、それは終わりのない旅ですよ。

M：オリジナリティがもしあるとすれば、人それぞれのコンプレックスのことでしょ。

L：ただ、チンポがデカイといっても、知れてますよね。20cm単位で違うヤツって見たことないですし。でもおっぱいって、それくらいの単位で違うから。女の人の精神力がすごいのは、おっぱいのAカップとGカップの違いって数字的にもめちゃくちゃ違うのに、それを受け入れて生きていることじゃないですか。チンポであんなに違ったら、男は生き方がまったく変わりますよね。Aとして生きていく、Gとして……って。

M：Aカップチンポとして生きていくしかないね。

L：でも、見た目にはわかるんですよ、服着てて。で、「チンポ何カップ？」とか聞かれるんですよ？　キツイなあ、毎日。

M：今は大ざっぱに巨根とか言ってるだけだもんね。サイズをちゃんと測ってパンツも買ってないし。

L：もし男のパンツにチンポのサイズが導入されても、違ってもせいぜい5、6cmでしょ。おっぱいみたいに目に見えてその人の性の特徴が記号化されてるっていうのがチンポでも起きてしまったら、たぶん男は泣いちゃうんじゃないかな（笑）。でも、そういうふうになったとき、やっぱり男もチンポを寄せて上げるようになるんですかね（笑）。女の人って背中から肉を持ってきてブラジャーに入れるっていうじゃないですか。

M：当然、金玉も上げて大きく見せようとするヤツも出るんじゃない？　ブリーフにもワイヤが入ってるやつが出るってことだね。

L：でも逆に、男にそれがないのは日本だけかもしれないですね。ヨーロッパとかアフリカとかはチンポをでかく見せる文化ってあるじゃないですか。ニューギニア島の人がチンコケース[2]をつけたりとか、例えばバレエにしても騎士にしても、ガードの役もあるのかもしれないけど、もっこりさせたりとか。日本の歴史でチンポをもっこりさせるファッションはないですからね。

M：祭りのときは、あるんじゃないの。フンドシで寄せて上げるみたいな。

L：でも、それも自分のじゃなく、でっかい木彫りのチンポをみんなで担《かつ》ぐっていう……（笑）。そっちに変わっちゃって。

M：象徴としてね。でも、いくら大きく見せたって、結局はそこも父親の転写だから。しかも、その先っぽから出てきたってね、オレら（笑）。

L：しかも、いっぱい出たやつのなかの「誰か」ですからね（笑）。あんときの他のヤツら、今ごろ何してんすかね？

M：でもさ、そこで一度、勝負に勝ってるってことを忘れがちだよね。あの戦いに勝って出てきてるってすごいよ。負けてティッシュにくるまれてるやつとは、わけが違う。

L：しかも、両親が自分のために、たったひとつの種を植えて作ったわけじゃなくて、ばぁーっとやったなかの、そのなかの誰かわかんないという……（笑）。男か女かもわかんない。汁の中の具だったわけですから（笑）。そりゃあ、人間になったあと、アイデンティティで悩むわけだわ。もともと自分が汁だったんだから（笑）。

M：元が、汁男優[3]だもん。そんな汁にも反抗期があるってね。リリーさんはあった？

L：なかったんですよ。逆に、30歳過ぎておふくろと一緒に住みだして[4]、反抗期というか……。一緒に住んでない15歳から30歳までの15年間があるから、おふくろはずーっと中学生のオレにものを言ってるような感じで、仕事してるのに「早くお風呂《ふろ》入りなさい」とか「早く食べなさい」とか言われると、「もう、うるさい！」ってなる。反抗期じゃなくて、普通にうるさい（笑）。

M：お互い、ひとりっ子だからですよ。兄弟に対する嫉妬《しっと》とかがないぶん、比較できるヤツが家族のなかに一人もいないってことだからさ。

L：逆に責任感も出ますよね。甘やかされて育とうが、突き放されて育とうが、ひとりっ子だと、ほかにパスするわけにもいかないですからね。

M：テレビでエッチなシーンになっても、脇《わき》とかつつき合ってごまかせる兄弟がいないぶん、その気まずさを一身に背負うわけだからね。リリーさんの親は、何をやっても全面的に認めてくれてました？

L：みうらさんのご両親みたいに、言葉で盛り立ててくれるような親ではありませんでしたけど、否定されたことはないですね。褒められるにしても、例えば、通信簿とかに「友達に人気があって優しい子です」と書いてあったら、勉強ができなくても、そういう子に育ってくれて嬉《うれ》しいみたいな感じですかね。

結局、おふくろが褒めたのは「対ヒト」に関することなんですよ、オレが他人にどう接しているかという。オレがしたことで、他人に嫌な思いをさせたとか、恥をかかせたとかに関しては怒るけど、オレひとりが何をしてても、何も言わない。褒めるときも、オレが他人に何かプラスのことをしたら褒める。

M：その思いは、今のリリーさんが見事に受け継いでるね。

L：そうは言っても、箸《はし》の持ち方もめちゃくちゃだし、躾《しつけ》そのものはそんなにされてないんですよね。ただ、大人社会の行儀みたいなことは昔から言われてた気がします。

M：母親って、たとえリリーさんが悪いことしても、単純に「いい・悪い」で叱《しか》らないじゃない。相手がどういう気持ちになったか、それに気づくか気づかないかに「いい・悪い」があるんだって。

L：オレとみうらさんが恵まれてたのは、親が「好きなことやっていい」って言ってくれて、やらせてもらってたこと。そうじゃない子もいるわけじゃないですか。あれするな、これするなって。いろんな事情もあるだろうけど。

M：子供のころってそう言われると案外、素直に聞くんだよね。「なんでもできるんじゃない？」って、肯定されて育つと、なんでできないんだろうと思って、ついつい努力しちゃうんだよね。最終的にはできるって思い込んでるから。

L：みうらさんの実家に行って、その肯定されっぷりを生で見ると、今のみうらさんが出来上がっていった理由がなんとなくわかるんですよね（笑）。

M：ストーンズ[5]のライブに行ったときに「オレもメンバーに入れるかも」って思うのは、今でもオカンが「入れるんちゃうか？　じゅんやったら」って言いそうな気がするからじゃないかなあ（笑）。オカンはストーンズ知らないのに（笑）。「ストーンズさんも、じゅんが入ったほうが喜ばはるんと違う？」って言うだろうなあ。「阿修羅像[6]もあんたのおかげで有名にならはったしな」って言うような人だしね

（笑）。

L：「じゅんは一回も間違ったことしてへんもんなあ」ってお母さん言ってましたもんねえ。さんざんいろんなこと見たでしょうに（笑）。

M：でもね、あんなに当たり前のようにされていたことが、いざ自分がやるとなると難しいんだよね。

L：例えば、映画評の原稿でも女のコについての原稿でも、褒める原稿を書くほうがけなすより10倍くらい難しいじゃないですか。本当に褒めるんだったら、みうらさんのご両親みたいに全力で褒めないと。じゅんという太陽を親御さんが浴びてるって感じですよね、みうら家は。

M：それにしても、うちの親はリリーさんのことが好きなんだよなあ。リリーさんが実家に遊びに来てくれたとき、親父《おやじ》が夜中の2時くらいまで起きてたけど、普段9時には寝てる人だからね。親としては、オレにリリーさんみたいにもうちょっと優しくなってほしかったみたいなんだ（笑）。

L：でも、みうらさんみたいにご両親が二人とも健在で、孫も抱かせて、しかも旅行に連れていってて、これ以上の親孝行ないじゃないですか。オレもこのところ、親《しん》戚《せき》の人とかに親父が孫見たがってたよ、とか聞かされる機会が増えたんですけど、よく考えるとおふくろが死んで以来、法事とかで顔合わせるようになったけど、それ以前は父親のことほとんど知らないんですよ。でも、どんどんずっと一緒にいたことになってる感じでね。

そういえばこの前、昔ヤンキーだった親戚の兄ちゃんに、お父さんもそう言ってるから、結婚しなくていいから、とにかく子供をつくれって言われたんですよ。しかも、一人じゃだめだと。「子供も当たり外れがあるから、4、5人つくっとけ」って、さすがヤンキーは考え方がクレバーなんですよね（笑）。

M：（笑）。さっきの親父さんの話でいえば、やっぱり年とるとDNAで永遠をつなぎたいってなるんだね。自分の店が潰《つぶ》れないってことを確認したいんですよ。孫が継いでくれるように願ってる。

L：前に松尾スズキさん[7]と話をしてたときに、「オレたちは、ほかの人に比べて自分の種を残そうという欲求が薄い。それは生命力がないってことで、だからオレたちは女にすぐそっぽを向かれるんだ」って話題になって。ヤンキーの兄ちゃんとか見てると、ものすごい生命力が強くて、奥さん見ても絶対浮気してないだろうなって感じるんですよね。オレらみたいに生命力がないと女もフラつきますよ、「どうせ子供つくんないでしょ」みたいな。

M：そうはいっても「生命力あるなあー」って言われるのも、なんだか恥ずかしいけどね、絶倫みたいで（笑）。
L：いや、絶倫が一番でしょ。

【注釈】

1　オレの巨乳好き／みうらとリリーの「週刊SPA!」の連載「グラビアン魂」でも、みうらの巨乳好きは有名。毎年暮れにSPA!誌上で発表する「グラビアン魂アワード」で過去に選ばれた〝みうら大賞〟も巨乳ぞろい。

2　チンコケース／ペニスケースのこと。装身具として男性の勇敢さを表す民族衣装の一種。ニューギニア島の先住民がつけているケースの正式名称は「コテカ」だが、世界的に有名なためにペニスケースと同じ意味で使われることが多い。

3　汁男優／アダルトビデオなどにおいて、女性の顔や体に精液をかけるためだけに登場する男優たちのこと。

4　30歳過ぎておふくろと一緒に住みだして／リリーの『東京タワー』に詳しい。高校生のころから一人暮らしをしていたリリーは、東京で少しずつ稼げるようになってきた30代のころ、福岡で暮らす母親を呼び寄せて同居する。

5　ストーンズ／ザ・ローリング・ストーンズのこと。1963年にデビューしたイギリスのロックバンド。半世紀近く、一度も解散することなく第一線で創作を続ける、ロックの代名詞的な存在で、全世界でのアルバム総売り上げは2億枚を超える。

6　阿修羅像／仏法を守護する八部衆に属する守護神「阿修羅」の像のこと。仏教において迷いあるものが輪廻《りんね》するという、六道（6種類の迷いある世界）の一つである阿修羅道（修羅道）の主。

２００９年の「国宝阿修羅展」では阿修羅ブームが巻き起こり、東京・福岡・奈良で合わせて１９０万人以上が訪れた。ちなみに東京国立博物館の来場者数記録（約95万人）は「モナ・リザ展」「ツタンカーメン展」に次いで歴代3位。『見仏記』や『マイ仏教』などの著書があり仏像マニアでもあるみうらは、このとき組織された「阿修羅ファンクラブ」の会長で、会員には「ＴＨＥ ＡＬＦＥＥ」の高見沢俊彦《としひこ》さんやモデルのはなさんなどがいる。

7 松尾スズキさん／１９６２年生まれ。宮藤官九郎、阿部《あべ》サダヲ、荒川良々《よしよし》、平岩紙ら、個性派の売れっ子役者を多数擁する「大人計画」主宰。作家、演出家、俳優、映画監督、脚本家。演出家としては、岸田國士《くにお》戯曲賞、ゴールデンアロー賞演劇賞を受賞し、作家としても小説『クワイエットルームにようこそ』『老人賭博《とばく》』『もう「はい」としか言えない』が芥川賞《あくたがわしょう》候補作となり、映画『東京タワー　オカンとボクと、時々、オトン』では脚本を務め、日本アカデミー賞最優秀脚本賞を受賞。

「友情とは?」

みうら 親友だと認識すると、お互いに
「親友だからこれはしてはいけない」
という気持ちが出てくる

リリー 昔からの友達同士には、
「こいつに恥をかかせてはいけない」という礼儀がある

M:飲んで友達になるって言うけど、違うんだよね。友達になるために飲むんだよよ。

L:そうそう。でも、学生のころなら毎日暇だから嫌なヤツとも会ってましたけど、大人になって3回飲んだら本当に仲良しの類《たぐい》ですよね。そもそも、仕事以外で3回会う人ってなかなかいないでしょ。

M：そうなるまでは面倒くさいこともあるかも知れないけど、それは取っ払って考えてもらわないと親友なんてできないですからね。親友になろうっていう気持ちが重要であって、自然発生的になることは、もうないと思うよ。学生のときって毎日一緒にいるから親友のような気がしてたけど。

L：卒業した瞬間に会わないですもんね。だって同じクラスだっただけで、友達っていわれちゃうじゃないですか。友達とクラスメイトの違いって、中学の野球部とメジャーリーガーぐらい違いますよ。大人になって仕事し始めて友達になった人って、その人に男として興味があるから自分から近寄ってるんですもん。

M：そもそも友情は、どちらか惚《ほ》れた者が口説いていく行為の結果であってね。だから、最初から「親友」って言葉を使ってハードルを高くしてるんですよ。お互いに「親友だから」っていう気持ちが芽生えると、今度は「親友だからこれはしてはいけない」みたいな気持ちが出てくるじゃないですか。

L：「親友だな、この人」って思う人には共通したところがありますよ。自分が聞いて「サブいなこいつ」と思うことを言わない人ですよね。普通の友達ってサブいことも平気で言いがちで、若いころに同級生の女の子[1]と飲んだとき、その子、デザインやってるんですけど、「今の日本の感じじゃいいもの作れない」って。いや、お前のやってるデザインがそもそも大したことないのに、なんで国レベルの話をしてるんだよって。そういう次元の低いグチを聞いてる時間は地獄ですよ。だから、こういうレベルの低いグチを言うようなやつらと仕事をしなくて済むように頑張ろうと思いましたもん。

M：頑張るって、そういうことだよね。だって悲しいことに、今そいつと一緒にいるってことは、自分もバカの仲間だからね。だからこそ、そこから抜け出すために頑張らないとしょうがないんだよね。

親友って、お互いに機嫌を取り合いたくなる関係だと思うんだ。ご機嫌を伺うってものすごい大事なことなんだよね、意外と軽く言われてるけど。それができると、会話にもいい味でるんですよ。

L：友達くらいのレベルだと、女の子でも彼氏ができたら「あの子、彼氏ができた途端、友達付き合い悪くなったよね」とか言いますけど、それは友達だからそう思うんですよ。親友だったら彼氏ができれば「彼氏のとこ行きな」って言いますもん。

M：親友って親の友って書くんですよ。それはつまり親公認または、親にも会わせるくらい親しいってことだから（笑）。

L：それが彼女であっても、親友であっても、関係を深めたい人に対しては、その人の家族に会いたくなりますよね。

M：その人がどういう環境で生まれ育ってそうなったかは、当然、親友なら探りたくなるもんね。

L：親とか兄弟に会うと、間違いなくその友達だったり恋人がいとおしく感じるじゃないですか。みうらさんの実家行ったときもそうでしたし。

あと、男同士のほうが仲良くなるほど、会うとき恥ずかしくなるもんですよね。照れくさい。

M：だから、酒を飲んでごまかすんだよね。

L：会いたいと思ってるのがバレると恥ずかしくて。飲み友達とか、飲み屋で会うだけで、普段は全然会ってないんですよね。でも好きなんですよ、それでも。

M：恋愛に似てるよね。ただ、恋愛は冷めたら終わりだけど、友達って冷めないように工夫するんだよ。肉体関係がないぶん、努力してね。

L：男同士でシビアだなと思うのは、同じような仕事をしてる場合、その人の作ったものがつまらないと思ったらギクシャクしますね。

M：逆に友達にそう思わせたら悪いから、と思って頑張るところもあるしね。なんていうか、友達に恥かかせられないもん。

L：そうなんですよね。昔からの友達って、みんな「そいつに恥をかかせてはいけない」っていう礼儀を持ってるじゃないですか。それなのに東京から一緒に連れて帰ったヤツが、オレの地元の友達が気を使って歓待してくれてるのに傍若無人に振舞ってると、そいつのことを「何なんだ！　お前は！」って思うんですよね。

M：あとオレ、昔から友達の嫁が嫌いなんだ（笑）。友達に関してその嫁が知ってる範囲って、意外と狭いでしょ。だから「あんたが思っているより、もっと大したヤツなのに」って思えちゃって、しかもそんな嫁に大好きな友達が必死で気を使ってる姿がいたたまれなくてね（笑）。

L：それはありますねえ。友達の嫁とか社員とか、周りの連中の態度で気になるのは、オレはその友達のことをすごいと思ってるのに、たまたま近くにいるだけのお前までですごいみたいな顔してんじゃねーよって。オレはその友達が大好きで、リスペクトしてるのに、「もっとオレの友達を大切にしろ！」みたいな。

M：いくらオレの先輩の嫁や彼女でも、その女の人自身は先輩じゃないもんね。それなのに付き合った途端、その男と同じ立場になりがちじゃない？

L：そういうの見ると、こいつと付き合ってる女だったらもうちょっと、ちゃんとしろって思っちゃいますよね。

M：でも、それもやっぱりアソコの具合があるからなあ。具合だけは、他人がとやかく言うことはできないしね。

L：具合じゃ仕方ないもんねぇ（笑）。でも、オレらはその具合を知らないじゃないですか。昔、うちの草野球チーム[2]のヤツが首にキスマークつけてきたことがあるんですけど「グラウンドにセックスを持ち込むな」って怒りましたもん。その彼女を（笑）。「コイツがチームメイトに野球をナメてると思われるだろ！」って（笑）。

M：グラウンドに具合を持ち込まれちゃかなわないね（笑）。

【注釈】

1　同級生の女の子／男子校出身のみうらと違い、リリーは大分県立芸術短期大学附属緑丘高等学校（当時）という美術系の共学高校を卒業し、その後、舞台美術などを学ぶため武蔵野美術大学芸能デザイン学科（当時）を5年かけて卒業している。ここでいう「同級生の女の子」は大学時代の同級生。

2　うちの草野球チーム／野球好き、というより巨人好きだったリリーが結成した、その名も「ヤング・ジャイアンツ」という草野球チーム。ちなみにイニシャルを巨人と同じにしたくて、こう命名したんだとか。現在は活動休止中。

「喧嘩《けんか》とは？」

みうら　いつでも喧嘩ができるチャンスのある人のほうが、恋愛のようにワクワクできる

リリー　何かに対する怒りがなくなるのは、人としては一番死んだ状態で、そんな人は何も愛せない

L：みうらさんは、よく酔っぱらって喧嘩してますよね。
M：イベントなんですよ（笑）。イベントもなく静かに家に帰るのがイヤなだけで。
そもそも酒を飲むというのは、本来は祭りのときで、年に一回とかの特別なことだったわけでしょ。だから、なにか起こらないと帰れないんだよね。セックスもしたくなる始末で。ハレのときだから。

L：みうらさんが喧嘩しているときって、冷静なんですか？

M：どこか冷静なんですよ。安齋[1]さんと沖縄で昼間っから泡盛3本空けて殴り合いになったときも、どっかで冷静に「誰かこの模様を写真に撮っとけよ」とか思ってるんだよね。

L：みうらさんと安齋さんが喧嘩してるときの写真、見せてもらったことありますけど、喧嘩っていうより完全にゲイカップルのじゃれ合いでしたよね（笑）。

M：本当は喧嘩しなくてもいいんだけど、いつでも喧嘩できるチャンスのある人のほうが恋愛みたくワクワクするんだよね。

でも、本当の喧嘩となるとしたことがないんですよ。ひとりっ子だったから、兄弟喧嘩もないし。あくまで自分が考えた「マイルール喧嘩」なんでね（笑）。リリーさんは喧嘩しないの？

L：怒りの感情は強いんですけどね。だから最近は、腹の立つ人には最初から会わない生活を自分で選んでるんですけど、それでもそういう人が近くにいると、ものすごく攻撃的になりますよ。

でも、そもそも喧嘩までならないにしても、何かに対して怒りみたいなものを覚えなくなるという感覚が、人としては一番死んだ状態だと思うんですよね。それは人に対してもそうだし、社会現象に対しても、なんか腹立つとか、ぶん殴りたいとか思う感覚をなくしている人というのは、ものすごくぼんやりしてる人だと思う。今の世の中、全部が「平等」とか「博愛」になってるけど、やっぱり何かを憎めないと何かを愛せないはずでしょ。それを乗り越えないと、すべてを愛するということはできないのに、「博愛」とかを聞きかじって、なんにも努力してない人ってものすごく生ぬるいですよ。

例えば昔、原爆の開発に携わったある学者が、自分の奥さんが病気のときに「妻が助かるなら全世界に原爆が落ちてもいい」と言って、当然ながらものすごく批判されたんですけど、でもひとりの人間のことをそのくらい強く思えないと、その奥さん以外の人たちのことを愛せるはずがないと思うんですよ。それなのに最近は、あまりそういうことを思わないほうがいいとか、怒りというのはダメだって言うんだけど、そんなことを思っている人たちの言う博愛の感覚って、毒にも薬にもならないっていうか、「お前、生きてるのか」っていう感覚ですよね。

M：リリーさんの怒りは、どこで抜いてんの？

L：どんどん、そういうことが自分の作っているものになってるんだと思います。怒ってることとか、悲しいことのほうが、オレは楽しいことより作品になるから。昔から「楽しいことって原稿になるの？」って、どこかで思ってるんですよ。

M：ところが困ったことに今、流行《はや》っているのって楽しいエッセイでしょ。

L：そうなんですよ。「楽しかったものを共有しましょう」っていうことなんですけど。

M：みんなにウケることって、大体バカみたいなことじゃないんだよね（笑）。

L：そりゃ、せんずりこいてチンポが腫《は》れたヤツの話なんて、共有したくないんでしょうね（笑）。で、オレらのその感覚は、一般的なコラムニストの感覚じゃないのかもしれないですけど、どこか過去の自分に向けて書いてる部分があるじゃないですか。金を持ってなかったときの自分だったり。ある程度の小金を持ってる人のいい服を着ていい飯を食いましたっていうようなことを、「これ、誰が読むの？」って思ってきたから……。

M：それじゃ金もらえないだろって思っちゃうね。チンポ話は嫌がらせじゃなく、あくまでサービスだと思ってるからさ（笑）。

でもさ、女の人との喧嘩はよくないよ。極力、喧嘩しないように、しないように、機嫌をとって生きていくのが男でしょ。それでも怒りが収まらないときは、黙って外に出て「うわーっ」って叫ぶんだ（笑）。そうやって少し冷静になってさ、「なぜ怒っているのか」を自分に問いただすんですよ。何が怖いって、そもそも口じゃ勝てない相手と勝負して、思ってもないことを言ってしまう自分が怖いんだから。

L：男友達とやるみたいに、女の人とも計算ずくで喧嘩できないもんなんですか？

M：できないねえ。女の人は、男と違う角度や視点から言ってくるからね。ただ、飲み屋とかで絡《から》んでくる人は、男も女もないから、オレ思い切りいくよ（笑）。

L：手をあげそうになったことはないんですか？

M：なにせ通信空手家[2]ですからね、オレ（笑）。やってないヤツのほうが強いんじゃないかと思いますね。

L：通信って何級とかあるんですか？

M：僕は、まだ初段なんですけど。

L：でも、みうらさん、初段ってことは黒帯じゃないですか。

M：ごめん、間違えた。初段じゃなくて初級だよ（笑）。

L：弱っ!!（笑）　通信同士の大会もあるんですか？

M：ないでしょ（笑）。

L：今はインターネットがあるから、あるんじゃないですか。通信で試合してるやつ。あっ！　でも、それって単なる通信の格闘ゲームか（笑）。

M：「猫足立ちで一歩、相手に近づく」「相手、猫足立ちで一歩、退く」とかね（笑）。

L：いつの時代のゲームですか（笑）。あと、よくわからないのは、いい年して親と喧嘩してる人がいるじゃないですか。

M：オレですよ、オレ（笑）。

L：でも、みうらさんの親御さんは、喧嘩してる気持ちはたぶんないですよ。

M：そっか（笑）。

L：時々、女の人とかから、親とずっと喧嘩して何日も口きいてないっていうことを聞いたときに、なんか醒《さ》める瞬間がありますよね。だから、例えば自分が喧嘩をしても、すっごい弱いヤツと喧嘩したなと思うとイヤな気分になるときがあるじゃないですか。そういう意味では、喧嘩をする相手が誰かというので、その人の品みたいなものが出ますよね。

M：オレとしては、後輩が叩《たた》かれたときに「自分のことなら我慢できても……」というポリシーのもと「許せない！」と立ち上がって仕方なく闘って、そして勝つのが理想なんだけど、そんな瞬間ないんだよね。いつもオレの側だから、問題起こしてるの（笑）。

Ｌ：（笑）。今、気づいたけど、オレ、男よりも女とのほうが言い合ってることが多いかもしれない。

Ｍ：どんな言い合いなの？

Ｌ：それは結局、オレが悪いのに、言葉でねじ伏せようとしてるっていう……（笑）。

Ｍ：男と女の喧嘩って、基本はそれだよね（笑）。

Ｌ：あとは行儀の悪い女を説教してるとか。って、これもう喧嘩じゃないですね。教育的指導。

Ｍ：ジュリーの歌に、そういう女を張り倒してるのがあったねえ。

Ｌ：[3]「♪聞き分けのない女の頬をひとつふたつ張り倒して」ですね。

Ｍ：ああいうのいいよね。あれで終わるんだったらいいよ。ひとつふたつ張り倒せば。

Ｌ：でもあの時点で、「♪ボギー、あんたの時代はよかった」って（笑）。

Ｍ：あ、そっか、あのときすでに終わってるのか。今なら張り倒した時点で訴えられちゃうよっていうことだね。

Ｌ：それにしてもジュリーの歌みたいに、半端《はんぱ》な女を平手でぶつぐらいの歌って、もう誰も歌わないですね。男の歌詞が弱くなってる。いわゆるＤＶみたいな意味のない暴力はダメだけど、殴られてもいいようなことをしたら、それは男でも女でも子供でも殴られていいと思うんです。オレは犬でも悪いことしたら、思いっきり蹴《け》るときがありますからね（笑）。今度、そんな歌を作ってヒンシュクかってみます（笑）。

【注釈】

1　安齋《あんざい》さん／イラストレーターでアートディレクターの安齋肇《はじめ》氏（1953年生まれ）のこと。みうらとは「勝手に観光協会」というユニットを組み、頼まれもしないのに47都道府県すべての歌を、現地の旅館で作るという偉業を達成した。『タモリ倶楽部《クラブ》』の「空耳アワー」のコーナーではソラミミスト（進行役）として活躍。遅刻の名手。

2　通信空手家／いわゆる通信教育により空手を学んだ空手家のことで、みうらの造語。吉本新喜劇の岡八郎（のち八朗、故人）の有名なギャグに「こう見えても空手やっとったんやぞ。まあ、通信教育やけどな」というのがあるが、みうら自身は高校時代、ブルース・リーに憧《あこが》れて本当に通信教育で空手を習っていたという。

3　「♪聞き分けのない女の頰を～」／1979年にリリースされた、沢田研二の26枚目のシングルである『カサブランカ・ダンディ』の歌詞。第21回日本レコード大賞・金賞を受賞。ちなみに『カサブランカ』は同名の映画を指し、歌詞中の「ボギー」とは、その作品の主役を務めた俳優のハンフリー・ボガートの愛称である。

「それで結局、人間とは？」

みうら　「人間とは？」を考えることは、暇つぶしのひとつでしかない

リリー　生活に不満のない貴族が考えることで、今みたいな時代には考えるだけで危険

L：ららら……ですよ、拓郎的には（笑）。[1]

M：「人間なんて」って歌っておいて「ららら」で答えを出さないのはすごいね（笑）。

L：そこをあえて言っちゃったら安っぽくなりますもんね。

M：そこはやっぱりボブ・ディラン先生の「答えは風に舞っている」[2]手法だから。

L：拓郎は「ららら」って言うし、陽水さんは「涙は、はっは～」[3]ですもんね（笑）。言わないっていう。

M：結論は言わないほうがいいってね（笑）。そもそも、普段考えてないことだもんね。でも、これを一番初めに考えたお釈迦さん[4]って、©だよね。ただ生まれて、ただ死んでいくだけなのに、「人間とはなんだ」って、ちょっと面白いことを言いだしたんだよ。

L：そろそろ犬とか牛とかも考え始めてるかもしれないですよ。「牛とはなんだ」って（笑）。だってこういうことって、ちょっと知能があったら考えますからね。

M：牛のなかから、いずれは牛釈迦《しゃか》が出るかもね。

L：それは、牛のなかでも前に宮崎県の口蹄疫騒動[5]のときに話題になった、エース級の牛ですかね。

M：まず、その牛は村を出るね。「牛とは何か」を思うときって、やっぱひとりで山にこもったりしないと答えは出ないかもしれないしね。オレらなんか毎日人間と関わってるから、もうさっぱりわからなくなっちゃったけど。

L：例えば同じ人間といても、外国人やすごい田舎に住んでる人と会うと、「人間とは何か」ってものすごく考えるじゃないですか。自分たちとはまるで違う価値観と感性を持ってる相手だから。そのとき、確実に都会から行ったヤツは負けますよね。

M：土を触ってる人のほうがいい答えするよね。「土を逆から読めば膣《ちつ》」だとか（笑）。

L：眠くなったんですか？（笑）　いずれにしても、こういう哲学みたいなことっていうのは、やっぱり暇なところじゃないと考えないですよね。

M：これも暇つぶしのひとつだからね。

L：だって、[6]日本人がこんな哲学意識を持つようになったのは、そんな大昔じゃないでしょ？　戦争中、空を竹槍でついていたころ、ほとんどの人はこんなこと考えてないですよ。あと、逆にこういうことを考え出すとうつが増える。

M：満たされると次を考えちゃうんだね。

L：「人間とは何か」というテーマが漠然としすぎてるから、苦しくなってくるんですよね。まだ「チンポとは何か」を考えたほうがいい（笑）。

M：そんなこと論じてる本、読みたくないだろうけどね（笑）。チンポは写真さえあればわかるからね。人生は、写真じゃわからないんだよね。「このチンポは誰か」と同じくらい（笑）。

L：「このチンポは誰のものか」ってね（笑）。知りたくもないし（笑）。

昔の西洋の貴族が哲学をたしなんだのは、本当の暇つぶしだったわけじゃないですか。なんの不満もなく生活して、人間とは何か、性とは何かっていうような話をずーっとブドウを食いながらやってたわけでしょ。でも、今みたいに不安がありながらこんなことを考えてたら……。

M：危ない、危ない。不安定なときは考えないほうがいいね。考えないように努力しないと、ついつい考えちゃう。

L：考えれば考えるほど、この先どうなるんだろうって、考えてもどうにもならないことを考えてどつぼにハマる。

M：それより「僕と踊りませんか」[7]がいいよね、やっぱり。「うふっふー♪」だよね。

L：その理由は書かないんでしょ、「うふっふー♪」だから（笑）。逆に、書かないからヒットするんですよね。これ書いたら苦しくなっちゃいますもん。

M：そこまでハッキリ言われるとすっきりするぶん、夢がないんだよね。そういう意味では、人は夢がないと生きていけない。「人間はくそ袋だ」って言われちゃったら、もう生きてる意味がなくなっちゃうんだよ。

L：都会では自殺する若者が増えてても、そんなことより傘のないほうが問題だっていうぐらい、反社会的というか真面目《まじめ》にものを考えてないほうが歌として受け入れられやすい。ただ、そうやってみんなが同じことを考えて、やってるときはいいけど、ふっと魔法がとけたときに、「今までのは何だったんだ」ってなると思うけど。

M：さらに最後まで考えが行きつかないように、ちゃんと神様は「頭が痛くなる」というシステムをつけてくれたんだよね。わからないことをずっと考えていると、眠くなったり、頭が痛くなったりする。そのときは寝たほうがいいぞっていう「答え」でしょ。

L：人間はピンチになると眠くなりますよね。

M：いきすぎたときは、ちゃんとストッパーがかかるようになってるんだよね。

L：「これ、絶対に朝まで書いても間に合わないんだろうな」っていうときって、もう夜の10時ぐらいから眠いですもん（笑）。

M：できないのと、寝るのは違うのにね。でも、それも知恵ある人間のテクニックなのかね（笑）。

L：「あきらめる」っていうのも人間としての「答え」でしょ（笑）。

【注釈】　**1　ららら……ですよ、拓郎《たくろう》的には**／「拓郎」とはシンガー・ソングライターの草分けである吉田《よしだ》拓郎（1946年生まれ）のことで、ボブ・ディランの影響を強く受けたことから、同じくボブ・ディランに熱中していた青春時代のみうらの憧《あこが》れの存在だった。「ららら……」は、日本のフォークを象徴するといっても差し支えないほどの名曲『人間なんて』の歌詞で、つま恋（1975年）や篠島（1979年）で開催された伝説のオールナイトコンサートのラストナンバーでもある。

2　ボブ・ディラン先生の「答えは風に舞っている」手法／1963年に発表され、数多くの歌手にカバーされている反戦フォークのスタンダードである『Blowin' In The Wind』のこと。いろんな質問を投げかけては「答えは風の中に舞っている」とはぐらかし、逆説的に「自ら考える」ことを求めるかたちになっている。

3　陽水さんは「涙は、はっは～」／「陽水さん」とはシンガー・ソングライターの井上陽水（1948年生まれ）のことで、1970年代にはフォークソング界あるいはニューミュージック界で吉田拓郎と双璧《そうへき》をなした。1973年発売の『氷の世界』は、日本初のミリオンセラーアルバムとなり、その後もアルバム『9・5カラット』（1984年）が100万枚、ベストアルバム『GOLDEN BEST』（1999年）は200万枚を達成。「涙は、はっは～」は中森明菜に楽曲提供した『飾りじゃないのよ涙は』の歌詞。

4　一番初めに考えたお釈迦さん／「お釈迦さん」とは、仏教の開祖、インドの釈迦（ゴータマ・シッダッタ）のこと。もともと裕福な国の王子として生まれ何不自由なく育ったが、成人するにつれ「人生とは何か」「人間とは何か」「真の幸福とは何か」という考えに深く思いを巡らすようになり、29歳ですべてを捨て、その後、35歳で悟りを啓《ひら》いたという。

5　宮崎県の口蹄疫《こうていえき》騒動／口蹄疫とは、口蹄疫ウイルスによる家畜の伝染病で、隣国での発生に対する初動の遅れなどもあり、2010年の春から夏にかけて宮崎県南部を中心に広まった。その際の、畜産関連の損失は1400億円、関連損失は950億円とされる。ただし、人間に感染することはごく希《まれ》で、仮に感染しても症状も軽い。口蹄疫に感染した家畜の肉を食べて感染することはない。

6　戦争中、空を竹槍《たけやり》でついていたころ／正確には、東条英機《ひでき》首相が「一億玉砕」の覚悟を国民に訴え、銃後の婦女子に対しても死を決する覚悟を持たせる意味で実施した「竹槍訓練」のこと。竹槍を持って、「かまえ！」「突け！」の号令が飛ぶと「やあ！」というかけ声とともに一斉に突きの動作をする訓練で、あくまで本土決戦で上陸した米歩兵と戦うことを前提としたが、その無意味さを表す象徴として、「空飛ぶＢ29を竹槍で落とせるわけがない」などという風刺表現がされることもある。

7　「僕と踊りませんか」／１９７３年にリリースしたシングル『夢の中へ』の歌詞。20万枚のセールスを記録した井上陽水にとって初のヒット曲。みうらが大好きな栗田《くりた》ひろみ主演の東宝映画『放課後』の主題歌でもあり、また、１９８９年に斉藤由貴《ゆき》がカバーし、こちらも大ヒットとなった。

第三章　「仕事」にまつわること

「やりがいとは？」

みうら　やりがいを得るには、「飽きないふりをする」ことが大事

リリー　結果だけでなく達成感そのものも、やりがいのひとつ

みうら（以下、M）：やりがいって、一時期、流行《はや》ったよね。世間的には「感謝されること」「達成感」「収入」の3つらしいよ。

リリー（以下、L）：求人誌のコマーシャルとかでよく聞きましたね。まあ、ずーっ

と「つまんない」とか「やめろ」とかって言われてるのに続けられる人って、ほとんどいないと思いますよ。それを言われても、ほんとに自己完結して「自分は自分の芸術をやるんだ」って言うんだったら、人の言葉はどうでもいいわけじゃないですか。でもほとんどの人がそれに腹を立てるということは、褒めてもらいたいんですよ。

M：何ごとも褒めてもらうのが一番ですよね。小さいころからそれは変わらない。

L：オレも昔は、さほど思わなかったけど、今は誰かが読んでてくれなきゃ、ちょっと悲しかったりしますし。若いころは、褒めてもらうことが恥ずかしいことのように言う人もいますけど、逆にそれも順番の問題で、褒めてもらおうと思ってやってるわけじゃなくて、やったことを褒めてもらって嬉《うれ》しいなって思うのが正常でしょ。若いときに褒められることに対して構えがあったのは、虚勢も含めて心が強かったんでしょうね。批判することも、されることもなんともないって、どこかで思ってたから。

M：ちなみにオレらの場合、本屋の並びで褒めてもらってるか、けなされてるかというのが、はっきりわかるよね。ちょっと前に「スーパーエッセイ」、今は「サブカル」って書いてあるコーナーに置かれてあったときは、けなされてるって確信した

(笑)。

L：タレント本のところに置いてあるのも、地味にけなされてる気になりますよね(笑)。

M：あとさ、よく「仕事にやりがいがない」とかって言う人もいるけど、なければ仕事なんかやれないじゃないですか。

L：でも、根本的に「お金」をもらうということがすでに「やりがい」の一つであるはずなんですけどね。やりたくなくても。

M：そもそもは、あまり考えないほうがいいんじゃないかな、やりがいって。

L：自己が何なのかとか、やりがいとか、そんなのオレらも根を詰めて話されたら、自分の(やりがいの)なさに泣きだしますよ、たぶん(笑)。

M：やりがいって、今より先のことと関係するじゃないですか。頭で考えても、未来のことなんて当たったためしがないし、いくら予想しても考えてもしょうがないっていうことに早く気づくべきだよね。

そういう無間地獄みたいなのに陥ったときは、自分の両手を見て「今、右手があがった、左手を横にした」って、それだけ考えろって仏教の本[1]に書いてあったよ。先のことを考えても、どうせ落ち込むだけだから、今やってることを頭に反復させるんだって。そうしてるうちに、考えるのが邪魔くさくなってくるからね。

L：やりがいもそうですけど、「これは人がこう思うんじゃないかな」とかって先のことを考えすぎて書いたりしたことは、あとで振り返ってもくだらないものになっちゃいますもんね。

M：考えないって難しいし、訓練がいるんだよね。でも、少しは考えなくするように努力はしたほうがいい。

L：だから、相田みつを[2]のことを世の中の人があれだけ好きなのは、相田みつをも考えない訓練をしようと思ってああなったわけじゃないですか。あの人、もともとはちゃんとした書家だったのに、いわゆる美しいと思われている書からどうやって自分が離れていくかを探求したわけですよね。それで、世の中に認められたいと思っている自分の恥ずかしさなんかを、素直に自分の字で書こうと思ったらああなったわけでしょ。でも、あれを見てあれと似たようなことをして、「相田みつを的だね」みたいなことを言われている人は、どこかで心が荒《すさ》んでると思うんですよ。相田みつをがああなったみたいに、自分と向き合った経緯があったら、もっとオリジナリティのある人に見えるはずなんですよ。形式だけマネしてても、それは「仏作って魂入れず」でしょ。

昔、相田みつをが世の中に全然知られていないころ、麻雀《マージャン》で徹夜して近所の定食屋で昼メシ食って（トイレで）クソするためにしゃがんだ目の前の壁に、「そのときどううごく　みつを」って書いてあって（笑）。それがおかしくて、すぐ外に出て一緒に来ていた友達に「なんか、みつをってヤツが、クソしてるヤツにメッセージ投げかけてんだけど」って……。やっぱりオリジナルの人って、大爆笑されるぐらい「だし抜け」な感じがあるんですよ。

M：（笑）。やりがいのなかの「達成感」を得るのは、とりあえず今月の〆切《しめき》りを全部終わらせたら、ちょっと嬉しいけどなあ。全部終わらせてから、まとまった休みをとると楽しいでしょ。

L：それって達成感じゃなくて、「頑張った感」じゃないですか（笑）。

M：そっか（笑）。仕事を全部終わらせたといっても、半分ぐらいは適当に書（描）いてるから、それがちょっと気がかりだったりすることもあるしね（笑）。あと、たまに「うまいこと書（描）けたね」っていうのはある。文章でも絵でも、あるとき、急にうまくなるときがあるよね。

L：ほんと絵にしても文章にしても、うまくなるときって突然ですよね。

M：天才じゃないの？って思うね。

L：文章でも「えらい流暢《りゅうちょう》に書けてるな」っていうときとか、絵でも「うまいこと描けたな」っていうことが突然きますもんね。

M：あの「うまいこと」と思ってる判断基準ってどこにあるのかね？

L：いや、あれは比較じゃなくて、自分のなかの、自分評論家がいるんじゃないですか。そいつが、「これ、うまいこと書（描）けたじゃん」って。

M：たしかにオレは自分マニアなんで、当然、「自分評論家」も抱えてるよ。実は今日、絵がうまいこと描けたんだよね。だから、この対談、嬉しい気分で来たんだ。蔵王権現像[3]っていう仏像を描いてきたんだけど。って、そんなの描いてるオレもどうかと思うけどさ（笑）。前はデッサン段階で気に食わなかったんだけど、今日それが突然うまくいくようになって。

L：みうらさんのカエル[4]にしてもオレのおでんくん[5]にしても、これだけ描いていても、「これ、うまいこと描けた、描けてない」っていうのがあるじゃないですか。とはいえ、あれだけしょっちゅう描いてると、「また、ここが曲がったな」っていうのはずっと残るけど、「うまいこと描けたな」っていうのは、まあ少ないですよね。でも時々あるじゃないですか。そのときって、「これ、うまいこと描けた」って言っちゃいますもんね。一人でも。

M：自分のなかだけの「うまいこと」っていうのがあるんだよね。

文章で言うと、「しゃべってるように書けたらうまいこと書けてる」って言うじゃないですか。でも、別にしゃべりが別段うまいわけじゃないんだけど、自分のなかでは文章よりしゃべりのほうが得意だと思いこんでるから、「しゃべってるように書けたときはうまい」と思ってるんだよね。

L：昔から「しゃべってることが面白いヤツは、文章も面白い」と言われがちですけどね。

M：でも、リリーさんの文章は、しゃべり言葉じゃないでしょ。それをマネしたいんだけど、それは、しゃべり口調ではうまく表現できないんだよね。

L：逆にオレ、しゃべり口調で書くのが苦手なんですよ。コラムを書く人でも、オレらのちょっと上の世代で文体が変わったんですよ。それまでは昭和軽薄体みたいなのがあって、わざとライトに書いてしゃべり口調みたいに書く方法が……急にオレらより年上の人、宮沢章夫さん[6]ぐらいから文体がカタくなったんですよ。だからある程度カタく書かないと、書いている感じがしなくて。時々、杉作さん[7]がホントに手を抜いてる文章を書いているのを見ると、ちょっと感動するときがあるくらい（笑）。「あるなー。この風合いも」って（笑）。

M：頼まれた出版社によって手を抜いたり、抜かなかったりね。『ガロ』出身者はそれを臨機応変だと思ってる。

L：でも、手を抜いてるほうが面白かったりしますよね。

M：エロとホビーは基本的にナメてかかりますからね。だから大人の匂《にお》いのする出版社から頼まれると、緊張しちゃって面白くなかったりする。やっぱりナメてるときのほうが本質が出ますね。

L：そういう意味では、達成感と結果は別モノなんでしょうね。あと言えることは、みうらさんみたいにノイローゼになって何かをやり続けることも「達成」を目指すためには大事ですよね。

M：「達成」に辿《たど》りつけないノイローゼね（笑）。でもね、年を重ねるとなかなかノイローゼにならなくて困るよ。ま、それがスランプって呼ばれるやつなんでしょうが。何事にもすぐにノイローゼになれた時期は逆に仕事してないし、小学校のときにデビューさせてもらえればよかったよ（笑）。

　でも本当は、ノイローゼの原因が青春だって知ってる？　それ以外でノイローゼになるなんて、例えば天狗《てんぐ》が趣味でノイローゼになるなんて本当はできないんだよ。だから、ノイローゼになろうとすることが「努力」なんだよね。人間の性《さが》として

「飽きる」っていうのがあるから、いかにして「飽きないふりをする」かっていうことが大事になってくる。

オレ、自分にひとつだけ才能があるとすれば、飽きてることを飽きてないと言い切れる自信だけなんですよね。そりゃあ、当然飽きますよ。でも、そこにしか活路がないんですよね。オリジナルなんてない。新しいことを見つけられるなんて思ったこともありません。だから、ひとつのことを飽きずにやるっていう、そこしかオレの道はないって思ってるんですよね。

L：みうらさんとか大竹伸朗さんのスクラップは、これだけ長く続けてると、もはや生活ですよね。歯磨きしないと気持ち悪いのと同じじゃないですか。

M：そうやってノイローゼが癖になってくるといいんですよ。仏像も、もう好きかどうかもわからない状態。でも見たいんです。で、飽きずに続けること以外に輝けるものがないと思っているから長生きしたいんです（笑）。

【注釈】　1　**仏教の本**／昨今の仏教ブームで多くの入門書の類《たぐい》が出版された。そんななか、みうらが出した『マイ仏教』（新潮新書）は、硬軟織り交ぜた内容で男女を問わず幅広い年齢層に支持されている。

2　**相田みつを**／平易な詩を独特の書体で書いた作品で知られる詩人・書家。1924年生まれ、91年没。書の最高峰のひとつとされる毎日書道展に1954年から7年連続入選するなど、技巧派の書家として出発するが、専門家でなければ理解しにくい書のあり方に疑問を抱き、「書」と「詩」の高次元での融合を目指した末に、よく知られるスタイルを確立した。

3 蔵王権現像《ざおうごんげんぞう》／インドに起源を持たない日本独自の仏・蔵王権現の像で、奈良県吉野郡吉野町の金峯《きんぷ》山《せん》寺本堂（蔵王堂）の本尊。権現とは「権《かり》の姿で現れた仏」の意で、釈迦如来《にょらい》、千手《せんじゅ》観音、弥勒《みろく》菩薩《ぼさつ》の三尊の合体したものとされる。その姿は密教の不動明王《みょうおう》像と類似しており、激しい忿怒《ふんぬ》相《そう》で、怒髪天を衝《つ》き、左手は腰に、右手と右脚を高く上げるが、この右脚は虚空《こくう》を踏んでいるという。

4 みうらさんのカエル／1990年、みうらが32歳の時に迎えたのが、カエル・ブーム。その理由は『ボクとカエルと校庭で』（1988年・青林堂）という漫画を描いていたため「ずっと描いてたら好きになってた」（本人談）から。ちなみに漫画の主人公は、ホワッツマイケル富岡という名前のカエルで、クルマに轢《ひ》かれて内臓がちょこっとだけ出ている。以後、カエルはみうらのメインキャラクターとして定着し、今に至る。なお、8歳（1966年）のときにもカエル・ブームが来ていたようなので、カエルキャラが誕生したのは正確には第二次カエル・ブームのころとなる。

5 オレのおでんくん／リリーの絵本作品（2001年・小学館）のタイトルおよび作品の主人公の名前。東京タワーのそばにあるおでん屋台の鍋《なべ》の中（おでんの妖精《ようせい》たちのすみかであるおでん村）が舞台で、そこで繰り広げられる人間（おでん）模様が描かれている。アニメ化され、2005～09年にNHK教育テレビで放送された。

6 宮沢章夫さん／1956年生まれの劇作家、演出家、作家、放送作家。「遊園地再生事業団」主宰（1990年結成）、早稲田大学文化構想学部教授。1985年、大竹まこと、きたろう、斉木しげる、いとうせいこう、竹中直人《なおと》らと演劇ユニット「ラジカル・ガジベリビンバ・システム」を結成し、一世を風靡《ふうび》する。著書多数。ビートルズ嫌いのストーンズ好き。

7 杉作さん／杉作J太郎氏のこと。1961年生まれ。漫画家、俳優、タレント、ミュージシャン、ライター、映画監督。狼の墓場プロダクション代表。漫画家としては『ガロ』などで連載。非モテキャラ、童貞キャラとして人気で、架空の女性と性交するエアギターならぬ「エアセックス」の提唱者でもある。監督を務めた映画『怪奇!! 幽霊スナック殴り込み!』には、みうらとリリーも出演している。

「自己表現とは？」

みうら　最終的には癖みたいなもの。癖をさらに突き詰めることで、形になっていく

リリー　自分がオリジナルになろうと思っても、もはや新しいものなどない

M：自己表現って最終的には癖みたいなものでしょ。鼻の上をちょっと掻《か》くとか、あれを突き詰めることを自己表現って言うんじゃないの？

L：韓国の10代で大社長になったヤツが、かあちゃんのパンツを嗅《か》ぐのが癖だったら

しいんですよ。それを性癖とも言うけど、それで10代のときに女の人のパンツはもう少しいい匂《にお》いがしたほうがいいと思いついて、繊維に香料を練りこんだ女性用の下着を開発すると、それがバカ売れするんです。それって小さいころに「その癖やめろ」と言ってたら、そこで終わってたわけじゃないですか。それを親も匂わせ続けたし、匂い続けたっていう。

　何かを作るとき、あるいは仕事をしているときでも、すべての人が発明しようとしてるけど、発明なんてできるわけがないじゃないですか。今ないものなんてできるわけがない。だけど、傍から見て気持ち悪いことでも、そのままやらせ続けたらどうにかなるっていう。つまり、発明じゃなくて、みうらさんみたいに継続することで何かができるわけですよ。

M：単純に、あまり人の意見を聞いてこなかっただけかもしれない（笑）。[1]漫画を出版社に持ち込んだりしたときも、「漫画が上手《うま》くないのになんで描くの？」って自分で思ったし、相手からも言われたけど、「好きだから仕方ない」ってごまかしてきた。[2]美大を目指したときもデッサンなんて全然できなかったけど、考え直したほうがいいって一回も思わなかった。それって自信じゃなくて、やっぱり「好きだから」だけなんだよね。それは現実的な考えじゃないかもしれないけど、大人のアドバイスをちゃんと聞く耳があれば、逆にもっと不安になってたよ。

L：それって結局、他者と比較してるからそうなってしまうわけですよね。実際、自分の好きなことをやり続けてる人って、結構みんな食えてるんですよ、実は。ただ、若いときのほうがバランス感覚がいいっていうか、大人に毒されてるから、いろんな人を見たり会ったりして勉強しようとかって言いますよね。でも、そんなことしてたら絶対にバカになりますよ。だって、ほとんどの大人はバカなんだし、若いヤツに一生懸命話してる大人は説教したいだけか、ヤリたいだけのどっちかでしょう。

人に会うということは、あくまでそこから「ヒント」だけ得られればいいわけで、その人から直接何かを教わる必要はないと思うんですよ。それなのに、今の若い子たちは「新しいことをするためにたくさんの人の話を聞きたい。人に会うことが財産」とかいって、必死こいてゼーゼー言ってるわけですよ。でもそれって、「お前は営業マンか」ってことじゃないですか。若いときにそんなことしても埋没するだけなのに。

M：どんなジャンルでも新しいことって、もう出尽くしてるんだよ。だけど、若いころはそればっかり探すでしょ。本当は、そこで何年やり続けられるかに意味があるのにね。

L：音楽に新しいジャンルはもうないだろうっていわれてるなかで、ヒップホップが 3
30年くらい前に出てきた。何かと何かをミクスチャーするっていうか、サンプリングする。グラフィティとかダンスとか含めてのジャンルで。もちろん見方を変えれば「まだそんな新しいことが残ってたんだ」となるし、それはそれで考え方だからいいんだけど、それでも「発明する必要はない」っていうことが重要なんですよ、絶対に。若い人は発明しようとするんですよ。

M：A＋B＝Cがオリジナルだとしたら、A＋B＝ABっていう世界もあるんだよね。妙なモノを合体させた世界。それも独自なモノじゃないかな。その人のなかで起こった化学変化だから。

L：逆に言うと、オレもみうらさんも「好きなこと書いてください」って言われて書くことはあんまりないですよね。「何について書いてください」って言われるから考えて書くし、書けるのであって、「書くことはすべて私が決める」とか言ってると、ドン詰まる。

自分が何かを発明しよう、オリジナルになろうと思ってもなんにもならないですよね。全部、これまでの経験から影響を受けている自分がいて、その様子と佇《たたず》まいがオリジナルに見えてくればいいくらいのもん。そうやって仕事していくなかで、

「これおかしいな。気に入らないな」というのを排除したり、「これいいな」というものをミックスしていくわけじゃないですか。

M：でも最近、NHKでやってた『トップランナー』[4]的な、仕事がすごくデキちゃう人を紹介する番組がいっぱいあるでしょ。若い人がそんな番組を見ちゃうと「すごい人にならなきゃいけない」って思い込んじゃうんじゃないの。

L：あれはテレビ番組だから、普通に仕事してる人がすごく見えるように演出してあるのにね。

そういえば、うちの会社のホームページにある「今日のつぶやき」[5]っていうコーナーで、将来についてつぶやいてる若い人って、もうそこだけになっちゃってるのね。「夢は何かを成し遂げて、いつかすごい人になること」とかじゃなくて、いきなり「夢は『情熱大陸』[6]に出ること」（笑）。何もしないけど、『情熱大陸』に出演したい。ある意味で「夢あるねー」ですけど（笑）。何もしてない人の『情熱大陸』、逆にオレは超観《み》たいし（笑）。

M：でも『情熱大陸』の前に『タモリ倶楽部』[7]があるんだよ（笑）。

L：『タモリ倶楽部《クラブ》』から始まると『情熱大陸』は相当、遠回りですけどね（笑）。

【注釈】

1　漫画を出版社に持ち込んだりしたときも／みうらが大学3年生のころ、『ガロ』へ持ち込みを始めるも編集の渡辺和博《かずひろ》からボツの連発を食らう。10回目の持ち込み、『ウシの日』で念願のデビューが決定した。ただしノーギャラだった！

2　美大を目指したときも／みうらは、浪人生活のために上京し、都内の美術研究所に入る。三鷹のアパートで一人暮らしするも、ロックとセックス三昧《ざんまい》の日々。このころのことは『セックス・ドリンク・ロックンロール！』（光文社文庫）に詳しいが最終的には2浪して、武蔵野美術大学視覚伝達デザイン学科に合格する。

3　ヒップホップが30年くらい前に出てきた／１９７０年代のアメリカで生まれた、「黒人が文化を取り入れ新しいスタイルを生み出す」という意味の造語。本来はそういったカルチャー全般を指す言葉だが、一般的にはサンプリングや打ち込みを中心としたバックトラックにラップを乗せた音楽を指すことが多い。ラップ、ＤＪ、ブレイクダンス、グラフィティが四大要素。日本でも１９８１年にＹＭＯが『ラップ現象』という曲を出し、知られるようになった。

4　『トップランナー』／１９９７年〜２０１１年までＮＨＫで放送されたトーク番組で、ミュージシャン、歌手、俳優、芸術家、作家、アスリートなどその時々において旬《しゅん》・話題の著名人を毎回一人（一組）ゲストに迎えて収録。リリーも『東京タワー』がベストセラーになった２００６年に出演したことがある。

5　「今日のつぶやき」／リリーの所属事務所である「ガンパウダー」の公式ホームページ「ロックンロールニュース」内にある読者投稿ページ。それをまとめた単行本も2冊、出版されている。ツイッターが存在しなかった２０００年代半ばからスタートしており、その先を見通す力はさすが。

6　『情熱大陸』／１９９８年からＴＢＳで放送されているドキュメンタリー番組。スポーツ、演劇、音楽、学術など第一線で活躍する人物にスポットを当て、長期間にわたる密着取材でその魅力や素顔に迫る。ちなみにリリーも２００６年に登場している。

7『タモリ倶楽部』／1982年からテレビ朝日にて放送されている、タモリが司会を務め、毎回、違うテーマで構成される〝元祖脱力系〟深夜バラエティ。ゲストとして、みうらがよく出演している。タモリが司会を務める番組の中では、『笑っていいとも！』（フジテレビ、1982年～2014年）を抜いて最長寿番組となっている。

「天才とは？」

みうら　世の中の常識が後追いするくらいになれば、
その人は天才と呼ばれるようになる

リリー　天才は世の中に認められる前に
自分で自分のことを天才だと気づく

M：天才って「裏返る人」だと思うんだよね。ピカソとか、この前テレビを観《み》てたら、「最後の彼女だけはピカソから脱却した」とか、「『泣く女』[1]の絵のモデルは愛人のナントカさん」みたいな。いいことのようにNHKで説明してるんだけど、要は愛

人でしょ。松本清張[2]の世界じゃ、地獄に落とされる側の人ですよ（笑）。それなのに「だから、いっぱい恋したほうがいい」「ピカソはその情熱で描いていた」って評論家の人は言ってたけど、それがモト冬樹[3]だったら怒られるわけでしょ。（ピカソが）怒られていないっていうのは、やっぱり常識から裏返ったからなんだよ。だから、世の中の常識が後追いするくらいの人になれば天才って呼ばれると思うんだ。

L：才能豊かな人が天才という考え方はまったく違っていて、才能豊かな人は秀才でしょ。天才というのは、もっとエネルギーのある人ですよ。天才って、人間としてどこかが破綻《はたん》して欠落してても、その人の持つエネルギーが圧倒的に強い人だと思う。

M：最後には世間に認めざるを得なくさせる絶倫だよね。

L：すんなりと世の中に認められている程度の人っていうのは、要は凡人が認める程度の人ですから、まだ秀才ですよ。天才というのは、「終わってから評価を得る」じゃないけど、なかなか人にはわかりにくいものですよ。あと凡人と天才の中間に、異能とか鬼才とかいわれている、ちょっと半バカにされている人がいるじゃないですか（笑）。

M：「異能」[4]って〝（笑）〟でしょ。

L：「鬼才」[4]は、〝(爆)〟ですよね(笑)。

みうらさんとか大竹さんみたいに、何の利益があるかわからないスクラップを毎日やってる人って天才肌だと思うんですよ。1、2年程度ならいいけど、ふたりとも何十年とやってるわけじゃないですか。これ、天才じゃないとできないですよ。ある意味、何かが欠落してるもん。マネしようと思ってもマネしたくないってみんなが思ってる部分がまずないと。天才といわれる人、そうした人たちのやってることは圧倒的にすごいけど、まずこちらはそれをやりたいとは思えないっていう、それをやってるエネルギーがある人ですよ。でも、そうじゃないと新しいものはできてこない。秀才というのはあるものの精度を高めることができる人だけど、天才というのは新しいものを作る人だから。

M：それって「よ！　天才！」っていうヤツでしょ。「よ！」がついてるでしょ。

L：「よ、ニッポンいっ！」(笑)。たとえば、ダ・ヴィンチ[5]って天才の代名詞じゃないですか。でも、ダ・ヴィンチのやってることって全部仕事なんですよね、実は。その点、エロスクラップ[6]は、完全に仕事じゃないですもんね(笑)。

M：どうにか仕事につなげようとしてるんだけどね(笑)。

L：要は、紙一重の部分がないとダメなんですよ、天才の評価って。ダ・ヴィンチは通りがよすぎますもん、今となっては。

M：やっぱ万人に認められちゃうもんね。

L：「そりゃあ、天才だわ」って、「だわ」がついちゃいますもんね（笑）。「だわ」がついちゃうと、やっぱり通りがよすぎるんですよね。

オレが思うに、天才は、たぶん自分で気がつくんだと思うんですよ、人が言い始める前に。「オレって天才じゃないのかな」って気がついたヤツは、たぶん天才ですよ。だって凡人には絶対わからないもん、天才のことは。たぶん凡人にわかるのは秀才までなんです、あの人は才能があるって。天才もいつかは認められるんだけど、秀才で天才を最初に気づくのは絶対に天才本人ですよ。天才みうらさんとか大竹さんの、「いくつのときに作った、このスクラップはさあ……」って言ってるときの自負に満ちた表情というのは、その当時の自分を振り返っても才能があるっていうのを一番認めてるのはオレだからっていう……。

M：そうかもしれない（笑）。天才バカボンってほんとにうまいこと言いましたね。

L：例えばイチローって、完全に計算してヒットを打てる人ですけど、野球選手にはホームランバッターと、イチローみたいなリーディングヒッターがいるじゃないですか。どんなバッターも、ボールの真ん中をねらって振ってるんですって。イチローみたいにわざとボールの上をこすろうという人も特殊な才能だとは思うけど、でもホームランバッターというのはボールの真ん中を狙《ねら》って打ってるのに、知らないうちに下を叩《たた》いてるんですって。だから球が上がってスタンドに吸い込まれていく。いわゆるそれが天才ですよね。ボールのほうが、天才のために飛びたがってる。

M：あとは[7]楳図かずおさんみたいなボーダーの……あ、そうか！　ボーダーを着はじめると天才に近づくんじゃないの？　ボーダーが人を選ぶんですけどね。

L：ピカソも[8]J・P・ゴルティエもボーダーですしね（笑）。[9]横尾さんも、やっぱりあの人は天才でしょ。天才たる所以《ゆえん》は、毎回、新しいことを始める。こないだまで、あれだけ言ってたのに、次に会ったら「そんなことはどうでもよくて、今はこれだ」って。だからあの人、いつも啓示を受けてるって言うじゃないですか。天使にしても滝にしても啓示を受けてやってるって。これを聞くと、普通の一般の人はちょっとおかしいんじゃないかって思う（笑）。でもしょうがないですよ、横尾さんは本当に（天啓を）受けてるんだから。天から授かっているものを具現化してるだけなんですもん。

M：横尾さんは天才に違いありません。

L：そういうのをマネして凡人はアイデアっていうんだけど、アイデアなんていうのは大したことがないんですよ、道端に落ちてるようなもので。天の啓示を受けてないヤツが何を言うんだって。あれが天才なんです。

【注釈】

1　『泣く女』／パブロ・ピカソ（1881年～1973年）が、1937年に愛人ドラ・マールをモデルにして描いた作品。

2　松本清張／日本を代表する小説家（1909年～92年）。1953年に短編小説『或《あ》る「小倉日記」伝』で芥川賞受賞。1958年の『点と線』『眼の壁』の発表後は、推理小説で知られている。そのほか『球形の荒野』『ゼロの焦点』など著書多数。みうらは大の清張ファンである。

3　モト冬樹／1951年生まれのギタリスト、タレント、歌手、俳優、声優。1977年、高校の同級生であるグッチ裕三やウガンダ・トラとともにコミックバンド「ビジーフォー」を結成し、歌手のモノマネで人気を博す。

4　「異能」「鬼才」／ともに相手の才能を高く評価する際に用いられる言葉。明確な使い分けはないが、ほかにも「異才」「偉才」など似たような言葉がある。

5　ダ・ヴィンチ／レオナルド・ダ・ヴィンチ（1452年～1519年）は、イタリアのルネサンス期を代表する芸術家。絵画や彫刻に限らず、建築、土木、人体、その他の科学技術にも通じ、極めて広い分野に足跡を残している。『最後の晩餐《ばんさん》』『モナ・リザ』などの精巧な絵画は、世界的に有名。

6　エロスクラップ／みうらが40年間にわたり作り続けているスクラップのこと。主にグラビアアイドルの写真とエロ本から切り抜いた写真（グラドルに似たプロポーションや顔のヌード写真）を並べて貼《は》ったもので構成される。

7　楳図かずおさん／1936年生まれの漫画家、タレント、作詞家。漫画家としての代表作に『漂流教室』『まことちゃん』『わたしは真悟』などがあり、幅広い作品を描くが、一般には『へび少女』『おろち」など、ホラー漫画の第一人者として知られる。

8　J・P・ゴルティエ／ジャン＝ポール・ゴルティエのこと。1952年生まれのフランス人ファッションデザイナーで、彼の名前を冠したファッションブランドが有名。マドンナの舞台衣装を制作したことがあり、日本人アーティストでもBOØWYやTHE ALFEEなどがコンサート衣装を彼のブランドで統一したことがある。

9　横尾さん／横尾忠則《ただのり》氏のこと。1936年生まれの美術家、グラフィックデザイナー。本人いわく「神の啓示」により作風は常に変化し、油絵、オフセット印刷、テクナメーションや立体など多様な技法を駆使する。興味をもった対象は膨大な量をコレクションすることもあり、特にみうらにとっては憧《あこが》れの存在。インド、宇宙、霊など異世界をモチーフにした作品も多い。メディアへの登場頻度も高い。

「嫉妬《しっと》とは？」

みうら　自分と同じ条件なのに
というところに嫉妬は発生する

リリー　成功した者の「お金」より
「才能」に対して抱くのが嫉妬

L：みうらさん、何かにつけ嫉妬しまくりですよね。

M：嫉妬ばかりの人生ですよ。特に同業者じゃない人たちに対してのほうが嫉妬モードに入りやすいですねえ。同じ土俵にいないぶん、諦《あきら》めがつかないんじゃないかな。

L：みうらさん、ときどき酔っぱらって後輩とかに、そいつの少し上のポジションにいるような人を引き合いに出して、「お前、あいつらがああいうふうに結果出してるのに悔しいと思わないのか？　嫉妬しないのか？」って説教してますよねえ。

M：説教というか意見交換ね（笑）。でもそこで、たいがい「思わないです」って答えられるんで、また腹が立ってくるんだよね。

L：時々映画を観《み》ていて、同年代の映画監督がつまんない映画を撮ったりしてるのを見ると、気分いいじゃないですか（笑）。これも嫉妬の裏返しなんでしょうねえ。「これ、オレでも撮れるんじゃないか」って思ったりするの。

M：そうあってほしいねえ（笑）。うん、思いますよ。

L：あの嬉《うれ》しさは、嫉妬してたことが嫉妬するほどのものじゃなかったって思えたからなんだと思う。でも、圧倒的に面白いものを見せられても複雑な思いは残るんですけどね（笑）。って、それも嫉妬か……。めんどくせー。

M：だからオレが映画を観にいって、毎回、ほとんど読みもしないパンフレットを買うのは、監督とかプロデューサーの生年月日をチェックするためなんだよね。そのためだけに600円払ってる（笑）。「こいつ年下じゃん」っていう監督は、ちょっと構えて観てるんですよね。それでも、デキがすごかったら早めに認めて降参しようと思ってさ。阪本順治監督[1]とか、同い年なんだよね。何年か前に『顔』っていう映画を観たら、すごく面白い。そうなると複雑なんだよね。同級生が撮ってるわけだから、ただストレートに「最高ですね」っていうのもねえ……。

L：クラスのヤツが、面白い映画を知らないうちに撮ってたようなもんですからね。

M：それ、タマんないでしょ。やっぱり悔しいじゃないですか。だから最近は、積極的に周りの人に「あれ、面白いよ」って勝手におすすめすることにしたんだ。そうでもしないと気持ちが収まんないから（笑）。

L：でも、嫉妬を持たない人は成長しないんじゃないですか。まあ、そうはいっても、夏目漱石《そうせき》とかに嫉妬してる人って、ちょっとおかしくなってる人ですけどね（笑）。

M：（笑）。さすがに漱石には嫉妬しないですね。

L：まあ飲み屋で、「オレ、漱石にも嫉妬してるんだよね」という話が始まったら、もう、すぐ「お会計！」ですよね。

M：じゃあさ、どの時代の人までなら嫉妬してもいいんだろうね。

L：生きているかどうかはデカいと思いますよ。同時代を生きて、同じものを吸収して、同じものを観てて、それなのに、こいつはこれを作ったんだっていう。

M：同じ条件なのに、ってとこに嫉妬が発生するんだね。

L：そう考えると嫉妬って、ある程度、才能に対してするものですよね。何かを成し遂げた人が、仮にそのことでお金持ちになっていたとしても「あいつ金持ってる」っていうことに対する嫉妬ってまずないじゃないですか。それよりも「同じ条件なのに……」ですよね。一方で、まったく世間には認められてないけど、すっごい才能がある人って時々いるでしょ。でもそいつには嫉妬しにくい。

どっちも同じ才能の持ち主なのに、認められていない者に対しては嫉妬しない。そう考えると、嫉妬って奥が浅いんですよね（笑）。

M：あの人はもっと認められるべきだ、なんて高いところからモノを言い出すからね。

L：そういえば、みうらさん。ローリング・ストーンズのコンサートでも嫉妬するんですよね。

M：え？　リリーさんは「ストーンズのあのポジションだったらまだ入れるんじゃないか」とかって思わない？

L：思わない……ですね（笑）。でもそれって、ストーンズがまだ生きてるからなんでしょうね。ビートルズ[2]には嫉妬しないでしょう？　今、自分の生活のなかで新曲を出してきたり、ツアーとかするからイラッとするところがあるんでしょ、好きなのに。

M：年は違っても、今を生きてる同時代人だからだよね。逆に、「若い人に嫉妬を感じます」って言う人がいるけど、あれってやっぱり嘘《うそ》くさくないかい？

L：若い人に対しては憧《あこが》れですよね、普通。むしろ若い人に嫉妬しだしたら、ちょっともう終わりというか……。

M：「お会計！」だよね（笑）。「若い人に嫉妬する」というのは、自分よりまだ時間があることに対してだったり、そのころのオレは何してたんだって反省が大きいね。

L：あとは、自分の余裕を少し見せたいっていう……。

M：それもあるね。オレはそいつの才能を認められるぐらいの余裕があるんだ、っていうことでしょ。

L：そもそも、どんな仕事でも、比較でしか成り立たないじゃないですか。会社なら「あの会社はこうやってるから、こういうものをもっと作ろう」って。個人も同じようなもんですよね。

でも考えてみれば、オレとみうらさんは嫉妬心って薄いほうだと思いますよ。特に美大とかに行くヤツはそうですけど、誰かと比べられたくないから美大に行ったり、誰かと比べられないようにヘンなことしたりするわけですからね（笑）。バカがバレないように、いろいろと画策して嫉妬心を回避する（笑）。

M：なにせオレらは隙間《すきま》を見つける仕事だからね（笑）。

L：あと、関係ない異性に対して、まるで嫉妬心はないですよね。

M：あいつ巨乳でいいな、とか？（笑）

L：男と女は同じだと感じてないから嫉妬はない気がしますね。

M：たしかにオレ、一度もジャニス・ジョプリン[3]に嫉妬したことないなあ。

L：レディー・ガガ[4]が人気あるからって嫉妬しないもんね（笑）。

M：でも、マドンナはちょっとあるかも。同い年なんですよ。そう考えればオレ、頑張れば女の人にも嫉妬できるかもしれない（笑）。

L：頑張らなくていいですよ（笑）。そういえばマドンナが少し前の「スティッキー&スウィート・ツアー」[5]で、ずーっと縄跳びしながら『イントゥ・ザ・グルーヴ』とか歌ってるのを見ると、みうらさんのことを思い出した。「じゅんちゃん、これぐらいできるかなあ」って。

M：それ、体力の話じゃないですか（笑）。

【注釈】

1 **阪本順治監督**／1958年生まれの映画監督。赤井英和《ひでかず》主演の『どついたるねん』（1989年）で監督デビューし、芸術選奨文部大臣新人賞、日本映画監督協会新人賞、ブルーリボン賞最優秀作品賞などを受賞。男の内面や関係性の描き方に定評がある。一方、対談中にみうらが語っていた『顔』（2000年）では、主演に藤山直美《なおみ》を迎えて女の内面を描き、日本アカデミー賞最優秀監督賞を受賞した。
2　ビートルズ／1960年代に活動した世界的に有名なイギリス人ロックバンド。メンバーはジョン・レノン、ポール・マッカートニー、ジョージ・ハリスン、リンゴ・スターの4人。1962年にデビューし、初期はアイドル・バンドとして熱狂的な人気を得るが、後期は、実験的なスタイルも意欲的に取り入れ、幅広い層の支持を集めた。アルバム『レット・イット・ビー』を最後に1970年解散。
3　ジャニス・ジョプリン／1943年生まれのアメリカ人女性ロックシンガー。1960年代を代表する歌手として活躍。1970年10月、麻薬のオーバードースにより27歳で夭折《ようせつ》。死してなおロックの歴史を代表するシンガーとして人気を博し、「ローリング・ストーンの選ぶ歴史上最も偉大な100人のシンガー」の第28位。
4　レディー・ガガ／1986年生まれのアメリカ人ポップスター、シンガー・ソングライター。デビュー・アルバム『ザ・フェイム』（2008年）が大ヒットとなり、2009年に出した2枚目のアルバム『ザ・モンスター』からのシングル「バッド・ロマンス」は世界中のチャートで1位を獲得した。「ファッションは私のすべて」と語るほどのファッション好き。親日家で、東日本大震災で多くの外国人アーティストの来日が見送られるなか開催された復興支援チャリティも話題になった。
5　マドンナが少し前の「スティッキー&スウィート・ツアー」／マドンナは1958年生まれのアメリカ人シンガー・ソングライター、女優、映画監督、文筆家、実業家。1984年の「ライク・ア・ヴァージン」の大ヒットを機に世界的に有名になる。シングルとアルバムのトータル・セールスは、女性ソロアーティスト最多の3億枚を突破。「スティッキー〜」は通算8度目のワールド・ツアー（2008年8月〜09年9月）のことで、4億800万ドルの興行収入はストーンズに次いで歴代2位。

「社会貢献とは？」

みうら　誰しも社会に貢献できるような才能がないわけではなく、どう伸ばせばいいのかわからないだけ

リリー　「これが社会貢献？」っていうぐらい小さなことでいいと思う

L：オレらみたいな仕事の社会貢献は、みうらさんが言っているみたいに「こんな時代なのにこんなにオナニーしていていいんだろうか」って悩んでるヤツに「大丈夫だよ。オレもしてるから」って、生きやすくさせてあげるということでしかない気

がしますね。

M：……それくらいしかないよね（笑）。

L：でもこれって、オレらの仕事だけに言える話じゃなくて、社会のお役に立つことっていうのは、誰であっても「これが社会貢献？」っていうぐらい小さなことでいいんじゃないですかね、きっと。そういう意味では、社会貢献の「献」って「献身的」の「献」じゃないですか。オレなんて相当身を切ってますから、かなり献身してますよ（笑）。オナニーネタひとつするたびに、自分たちのパーソナルな部分をかなり切り売りしてますからね。実社会にはそれほど貢献してないかもしれないけど、いろんな童貞には確実に貢献してますよ。

M：だからオナニーの原稿は、ちゃんとお金をもらわなきゃ。少なくとも、未払いは許せない（笑）。逆にお金が絡《から》んでいるにもかかわらずオナニーの話を書くっていう勇気は認めてほしいね。だって、もう二度と頼まれないかもしれないんだもの。

L：しかも、一回でもオナニーの原稿で金をもらったら、オナニーのプロでもあるわけですから、次からはそれ以上のクオリティを求められたりして大変なんですけどね、オナニー話でも（笑）。でもまぁ、それもこれも評価されなきゃキツいですけどね。

M：評価があってこその「表現」だから。ずっと評価してもらうために書いてきたと思う。

L：でも、漫画家になりたいのに「他人に評価されたくないから」とか言って、出版社に持ち込んだことがないという人がたまにいるでしょ。読者にその漫画を届けたいという気持ちがあるのに、読者との間に存在する編集者に「これをこうしたほうがいい」「つまらない」などと言われたくないっていうんですけど、これってすごく矛盾してることじゃないですか。最終的には「こうしたほうがいい」「つまらない」って読者に批判されるわけですからね。

そういう人は、自分と届けたい相手とのピュアな関係の間にいる、仕事関係の人間が汚い存在だと思い込んでたりしますよね。ほんとは編集者よりも、読者のほうがもっと厳しいし怖い。だって野菜を作っている人が気にするのは農協[1]の人ではなく、一番シビアな消費者の評価でしょ。

M：オレが、読者が怖いということを知ったのは20代の後半くらいだった。逆にそことの勝負を避けようとして、編集者となあなあになってたんですよ。とりあえず小さな「村」でやっていければ安心……って。編集者と飲み仲間になってしまえば仕事切られないいんじゃないかって、よく飲みにいってた。「ひとり電通」[2]としてはね、そうした営業もしなくちゃいけないって思ってた。だから、担当をはずれた人と、その後、飲みにいったことってないんだよね。そこは、なんだか汚い道を歩んできたなって感じるね。

L：でも、よほどの人でない限りは、少しぐらい世界を変えようと思っていても、結局そう思って活動すればするほど、「今、目の前にいるこの人のご機嫌をとらなければいけない」みたいなことになって活動半径が狭くなってしまいがちですよね。仕事をすればするほど、最初のビジョンから遠くなっていく気がすることって少なくないですもん。これは、どんな仕事をしていても、そのストレスはあるんじゃないですかね。ベタな話でいえば、やりたいことよりも上司のご機嫌とりに疲れる若いサラリーマンとか。

M：でも、実際にそこでクビを切られたら何も残らないからね。オレらの業界で言えば「もうお前、ひとりで文章を書いとけばいいじゃん」って言われたら最後だし。

L：でも今、[3]ほとんどの人がブログを書いたり、ひとりで文章を書いてますよね。しかも、そのブログのなかから原作本になったり、映画になったりしてるから状況はだいぶ変わってきてるのかもしれませんね。

M：だから余計にみんな、社会に貢献できるような才能がないわけじゃなくて、どう伸ばせばいいかアドバイスが欲しいんだよね。でも、なんでもひとりでできちゃうと、それに気づかない人が増えるってことでもあるってことは、知っておいたほうがいいかもね。

【注釈】

1　農協／農業協同組合の略称。日本において農業者（農家および小規模農業法人）によって組織された協同組合で、一般的には全国農業協同組合中央会が組織する「JA」を指すことが多い。もとは農民たちが地位保全や流通の確保などを目的に自主的に組織した互助団体だったが、最近の流通事情の改善により、中間業者としての存在価値は薄まりつつある。

2　「ひとり電通」／広告代理店の最大手である電通をモジった造語。ずっとフリーまたは個人事務所の経営者であるみうらにとって、プロモーション手段は自分のみ。とはいえマニアックなネタの多いみうらの場合、先方から青田買いされることは多くなく、「自分の連載媒体を一つでも多く持って、そのときのマイブームを一斉に書く」ことでムーブメントを作り出してきたという。

3　ブログのなかから原作本になったり、映画になったりしてる／ここでリリーが言っているのは、日本最大の掲示板サイト「2ちゃんねる（現・5ちゃんねる）」のスレッドから単行本化、映画化と一大ブームとなった『電車男』のこと。

「運とタイミングとは？」

みうら　出会った人のことを好きになれるかどうかが運

リリー　運がよさそうな人は、人の力をうまく得ているような気がする

L：運とかタイミングの前に、まず縁があるじゃないですか。縁がないと、運もタイミングも関係ないですよね。これって「対ヒト」の問題ですもん。ひとりでずーっと引きこもってて、「オレ、今タイミング的にいいんじゃね？」って誰も思わないですよね。「今、運が来てるんだけどなー」って、完全にひとりじゃ思わないでしょ。何か他人との接触があって初めて出る言葉ですよね。だからまず縁がないと、ですよね。たとえ引きこもっていたとしても、最低限、ネットでもいいから人と交わることに自分を開いておかないと難しいですよね。

M：もっと言うと、会った人のことが好きになれるかどうかが運だと思うけどね。なんとなく人に会っても、運はない気がするんだけどな。

L：たしかに、誰かと会ってこの仕事を始めた、みたいなことはすべての人にあるんだろうけど、そこでその人と縁ができなかったら、それはそれでもう終わりですからね。出会いは数じゃなくて、縁のある人と会うことが大事だと思う。

M：面倒くさくても、その人と深く濃く関わりたいと思うことが大切だよね。ただ大人になってしまうと、新しい出会いが少なくなるから、たまに会うんだったら、早く親友レベルまで関係性のステージをあげておかないとって、ムリヤリ縁を深いものにしてしまおうと思ってきたけどね。

タイミングといえば、同じ年に入学したというようなこともタイミングだよね。だから、そこまで意識しなくてもいいのかもしれない。

L：あと、時代にマッチすることってあるらしいじゃないですか。だから誰にでも

「10年後だったらヒットしてたのに」っていうことはあったかもしれない。何せ、世の中の人が求めない限り、それは意味がないっていうことになってるから。

　昔よくあったのは、10年ぐらい前にオレが書いたことが今、流行《はや》りだしたなっていう感覚。知らないうちにそのタイムラグが短くなってきてるんですよね。これってつまり、どんどん前衛じゃなくなってきてるわけで、しまいには、時代に抜かされるんでしょうね（笑）。でも、何かの瞬間に「マッチで——す!!」[1]があるんでしょうね（笑）、抜かされる直前に。だから時代にマッチした瞬間には、もう抜かされるっていうことですから、「マッチです」がまだないってことは、まだ時代に抜かれてない証《あか》しだってことで。未来が待ってる。

M：ちなみに、ひとりでやってきたことに時代がマッチすることは、めったにないと思うんです。誰かが介入してこそマッチするんだよね。きっと、誰かがそれをちょっと形を変えてみせたりしてるんだよ。誤解も含めて。

L：「あの人、運がいいな」って羨《うらや》むことは、あまりないけど、それでも運がよさそうな人っていうのは、何か、人の力をうまく得ている人のような気がしますね。そういう意味でも、マッチする人って孤独じゃないんですよね。

M：今だったら「不況」[2]とか、とにかく時代のせいにする人がいるけど、そもそも誰と比較して言っているのかよくわからない。世間一般といっても、その実態がないわけですよね？

あと、ぼくらは自由業だから比較のしようがない。自分がどれくらいのレベルかなんて、いまだにわからないし、オレと同い年のヤツと比べたら、ほかのヤツはもっと稼いでるのかもしれないし。頑張らなきゃなんないところは、誰よりも自由でいなきゃなんないところだね。だって、自由業だもん（笑）。

L：それはもう、不景気だから就職先がなくて運が悪いんじゃなくて、逆にそのときに生まれたことを逆手にとって商売している人もいっぱいいるわけですしね。だから自分に運がないと思うぐらいなら逆手にとって考えたほうがいいですよね。逆にラッキーだなって。ブサイクばかりのクラスに入ったことをみっともないと思うか、これはラッキーだなって思うかですよね（笑）。モテたいって気持ちでいえば、「あいつ、ほんとにモテていいな」と妬《ねた》んだりするけど、げんきいいぞうの歌にあるんですけど、「男はみんなホモになれ」って、「オレ以外の男がみんなホモだったら、オレ、モテるのに」とかっていう発想のほうがまだマシですよね。

M：人生は考えようってやつだよね。ただささ、ちょっと話はズレるかもしれないけど、そういう発想をしたりタイミングが来るまで我慢したりとかって、そうはいっても最低限の生活費が必要だよね？　オレは30歳近くまで仕送りもらってたし（笑）。

L：みうらさん、学生のときにデビューしてたのにね。

M：そういえばリリーさん、借金してたでしょ？　借金って、どんな感じなの？

L：借金も……例えば、もう貸してくれないだろうと半ば諦《あきら》めながらサラ金に行って、それでも借りれちゃった瞬間、ものすごい脳内麻薬[3]が出るんですよ（笑）。金を貸してもらったときの幸福感ときたら、イラストで1000万円のギャラをくれるっていうよりも100倍ぐらい嬉《うれ》しいですよ、きっと。イラストでギャラもらうのは描いたんだから、1万円でも1000万円でも、もらって当たり前っていうのがどこかにあるじゃないですか。でも貸してくれるとなると事情が違ってくるんです（笑）。そのとき、利息のことなんて微塵《みじん》も頭にないですからね。借りれるうちは、もう借金じゃない。「るぁっきぃぃー!!」って、頭のなかで叫びまくってる。

M：オレ、好きになったらすぐ同棲《どうせい》してたんで、お金なかったかもしれないけど、あるような気がしてたんだ。だから、ある意味、人の金は自分の金だと思ってたのかもしれないし、どっちかが持ってればいいやって思ってたんだろうな。そのせいで、いつも結婚しなくっちゃ、って思ってた。なんだか相手に悪くてさ。

L：オレは同棲したことがないから、わからないですけど。でも、もし20代前半で無職ながらも同棲でもして「弁当どっちが買う？」みたいな生活をしていたら、結婚してたかもしれないですね。あと、自分が本当に金がなくなったときに感じたんですけど、人間って腹が減りすぎたり金がなさすぎるとバカになるんですよね。

実際、水道も電気もガスも全部止まっている部屋に住んでいて、昔付き合っていた女の子に電話したことあるんですよ。その電話する金さえも友達に借りて（笑）。で、ちょっと会おうよっていうことになってオレんちまで来るんですけど、電気もつかないから暗くなると外に出なきゃということになって、腹がすいたって言ったら弁当を買ってくれたんですよ。

オレはその日、弁当が食えたということでもう大満足なんですけど、そのときに、せっかく女が家に来てるのに、ケツを触ろうとか、セックスしようとか、まったく思わないんですよ。今考えたら無礼な話じゃないですか。でも弁当食えてよかったーと思って。帰りに駅まで送っていったら、今でも自分が着てたシャツの色まで覚えてますけど、彼女がオレの黄色いチェックの半袖《はんそで》シャツの胸ポケットに2000円入れて、すーっと改札を入っていったんですよ。そのとき、「うわー、前の彼女に来てもらって、弁当食わせてもらって、2000円もらって情けねぇ……」って、これが全然そんなふうには思わない（笑）。もう、「2000円もらえて超ラッキー!!」って心のなかでジャンプしてるんです（笑）。これって完全に狂ってる人の考え方じゃないですか。恥ずかしいとも何とも思わないんですよ。

だから、よく「昔、貧乏だったから、別に貧乏暮らしに戻ってもいいよ」とかって言う人いるけど……絶対にイヤですね。金がないことがイヤなんじゃなくて、「あの感覚」の自分に戻ることが怖いんですよね。前の女に2000円胸ポケットに入れてもらって、心のなかでガッツポーズしている自分というのに戻りたくないっていう。

【注釈】 **1**　**「マッチでーす!!」**／近藤真彦《こんどうまさひこ》（1964年生まれの歌手、俳優、レーシングドライバー）の愛称。彼が10代のアイドルだったころ、自己紹介の際に使っていた言葉。片岡鶴太郎《つるたろう》によるものまねでは、「マ」と「チ」の間の促音部分のタメがきわめて長いのがポイント。

2　**「不況」**／当時の日本は「円高不況」と呼ばれる状態。その後、アベノミクス効果により多少の改善は見られたが、今後は、いわゆるコロナ不況が長く続くものと思われる。

3　**脳内麻薬**／エンケファリンやβ‐エンドルフィンなど脳内麻薬様物質とも呼ばれ、これまでに約20種類の物質が見つかっている。脳内に自然状態で分布しているが、興奮などがきっかけで大量に分泌《ぶんぴつ》されるとモルヒネなどの麻薬と似た作用をもたらす。

「それで結局、仕事とは？」

みうら　人生の「本業」ではなく、
あくまで生きるための手段である

リリー　仕事とは、今すぐお金にならないけど
未来のためにしている作業のこと

M：……お金をもらうことですかねえ、やっぱり。
お金をもらわないことばっかりすると、やっぱり後ろめたいもん。お金を払ったりもらったりしてるからこの世の中にいることができるけど、それがないと立場が

ないもんね。仕事って、人が存在するためだけのネーミングじゃないのかな。

L：当然、お金のこともそうですし、まあ暇つぶしですよねえ。仕事してないと暇だもん。あとは宿題みたいなもの。何か新しいことをしようと思うのは、自分のなかで自分に課している宿題をやらなきゃいけないっていう……。

だからまあ、仕事っていうのは宿題と暇つぶしですね。

M：人って、暇が一番怖いんだよね。

「本業」[1]とかって言ってる人は、暇が怖いから「業」に「本」をつけたんだよね。

L：農家の人は、もともと「仕事」と「生業」[2]を分けて考えるんですって。例えば、米を作ったり野菜を作ったりするのは「生業」と呼び、これから田んぼにするためのところを耕すような、今すぐにはお金にならないけど未来のためにしている作業のことを「仕事」と呼ぶみたい。そういう考え方でいったら、自分は仕事をしてるのかなって思いますけどね。まあ、宿題的な考え方がそうなのかもしれませんね。

もちろん、お金のためだけに仕事をやることがまったく悪いとは思わないけど、苦しさは増すんじゃないですか。

M：これが頼まれた仕事だけになると、途端に不安な気持ちになるんだよね。ほんとに自分がそれをしたいのかがよくわからないから。

L：だからやっぱり、自分でも始めなきゃいけない。

M：……と思うんだろうね。それ以前に、みんな飲みすぎなんじゃないの（笑）。サラリーマンで夕方から飲んでる人いるじゃないですか。夕方からあんなに飲んでたら、そりゃ不安になるよ。

L：あと、同じ会社の人とばっかり飲んだり話してたりしたら、絶対に不安になりますよ。たまには、違う畑の人と飲まないと。

M：そうしないと、普通は煮詰まるよね。

L：今は不景気だけど、逆にビジネスチャンスだって言ってる人もいっぱいいるじゃないですか。それって枕詞《まくらことば》みたいだけど、本当だと思うんですよ。銀座の家賃が下がってるから、銀座に若いヤツがばかばかメシ屋出してるとか。そういう何かが変わっていく風景を見て、オレはどこかですごく「いい気味だ」と思うんですよ。何となく生きていけた時代は終わってくれたほうが、オレはワクワクする。
　本当に困ってる人もいっぱいいるけど、そのなかにも真面目《まじめ》な人とそうじゃない人といるんですよ。オレも今までの人生で、「何かしたい」って言いながら何にもしなかったヤツと、一生懸命頑張ってきたけど何にもならなかったヤツと二種類見てきました。オレも何にもしなかったし。

だいぶ前に話題になった、東京の派遣村[3]で飯もらえなくて名古屋まで歩いて飯もらいに行けたヤツらは、そのガッツがあれば必ず働くところがあると思うし、その頑張りをほかに使えば、すごい仕事できるでしょ。同じ理由でパチンコに朝から並べる人とか、朝から競馬にいける人って絶対就職したほうが儲《もう》かると思うんですよ。すげーガッツだもん。まぁ、そのガッツを仕事に向ける方法がわかんないから並ぶんでしょうけど（笑）。あと、会社が開く前から会社の前で並ぶヤツもイヤだけど（笑）。

M：それでも熱意はあるもんね、そこには。無駄な熱意ってね、最終的に残るんですよ。みんな無駄な熱意に驚くわけだから。ただ、幸せじゃないかもしれないけど、少なくとも自分の経験からも、熱意があればしたいことはできるって言えるね。

あと仕事っていうのは、あとで作られた肩書だから。仕事って人生の本業じゃないんだよね。本業は生きることそのものですから。そもそも本業だと思っていたものに「定年」があるなんて変な話だもん。だから、働くなんていうのは人間としては、あくまで生きる手段なんだよ。

L：仕事第一というのが日本人の美徳になっているけど、そもそもその教育が変だったわけで、結局、そのなれの果てが現在の状態なわけじゃないですか。自分を滅して仕事のために生きろって、そんなのありえないけど、一時期は信じてやってましたよね。

M：そんなの虚《むな》しいよねぇ。

L：だから、みんなうつになったり自殺者が増えたりする[4]。もちろん幸せかどうかわからないけれど、少なくとも人は豊かに生きる権利はあると思う。例えば、今の中国とか見てるとすごく違和感があるけど、あれって昔の日本じゃないですか。みんなが心豊かに生きることを排除して、金儲けすることだけをアイデンティティーとしてああやって生産活動をする。そりゃ儲かりますよ。だって、機械みたいに人が働いてるんだもん。

M：それもある意味、滅私[5]かもね。でも、ついつい自分のことや家庭のことを考えすぎちゃう。それはもう煩悩《ぼんのう》だから。「オレが死んだ後、困るだろうから」って考えてるだけで。

オレらはたまたま、表現をする仕事だったから自分があるように見えてるけど、幻想ですよ。でもね、そんなオレが仕事もらってる限り大丈夫ですよ。オレが生活できているってことは平和だし豊かですよ、日本はまだまだ（笑）。

L：そもそも、オレもみうらさんも金儲けしようと思って始めた仕事じゃないし、正直、食えてることが不思議ですよね。

今でも、「オレ、なんでこれで食えてるんだろう」とか思うけど、でも例えば、エロスクラップをみうらさんがやってて、バッキンガム宮殿みたいな家を建てたら夢あるじゃないですか。そういう風景を自分も見て笑いたいし、若い人も見たらもっとラクになる。

M：たしかに、せっかく好きなことやってても、ぜんぜん食えてないのは夢がないですね。そのためにもオレはちゃんと暮らしてないとダメだと思ってるんですよ。後に続く人のことまでは考えてないけど、そういう生き方もあるっていうことを提案する商売だとは思う。

L：ギャラっていうのは、ラジオ体操に行ってもらう判子みたいなもんで、押してもらえないんじゃ、みんな体操行かなくなっちゃう。だから、10円でも10万円でもくれればいいし、それがないのなら、ないなりの楽しさだけは絶対に欲しい。

実際にタダの仕事もするし、お金をもらう仕事もするけど、どちらにしても「お金じゃない」って本当は思ってるけど、それを言葉にはしたくない。それを言ってしまうと、すごくヌルい世界に自分が入っていきかねないし、やっぱり仕事相手にも何か身を切ってほしいんですよね。お金でもいいし、熱意でもいい。

M：それが信頼感だもんね。そんなヤツらとさ、好きなことやって、さらにやり切って好きでも嫌いでもない別の世界に到達したいよね。人にどう思われようとかじゃない世界。金だけじゃない世界ってきれい事だけどあるんだよね。もちろん、そこだけで食っていけるのかって言えば無理なんで、きれい事じゃない仕事もしなきゃならないけれど……。

L：前に秋山道男[6]さんと仕事の話をしたときに、オレが「金儲けしたいと思ってるわけじゃない」って言ったら、秋山さんに「リリーはそう思ってればいいんだ」って言われたんですよ。「金儲けは、するものじゃない。いい仕事をしていれば、金いらないって言ったって金をもらってしまう。儲かってしまうものなんだ」って。だから、もし結果的に儲かってしまっても、それはしょうがないことであって、あくまで「金儲けしたいわけじゃない」と思って頑張ればいいって。「それでもイヤ?」って言われたんで、「いや、くれるならもらいます」って答えた（笑）。

M：たぶん、好きだからやるということに対して、ものすごく疑問があるんだろうな。でも、それって運命とかでは全然なく、しなきゃならないからしてるわけでもなくて、仕方なくする癖をつけていくと、やがてしたくてしょうがなくなることがあるんだよね。

好きで好きでしょうがなくて、立場とか金とか関係なくやってるヤツってそれこそ幸せなんだよね。それなのに、それでは食っていけないって早々に判断したりして、変な見栄《みえ》というか、「大人はかくあるべし」みたいな思い込みがあって挫折《ざせつ》したりするんだろうね。そもそも好きなことをやってるんだから、持ち出しでもいいじゃん。それを、妙にサラリーマン的に考えて、儲けなきゃって考えてるところが世間に毒されてる気がするけどね。

L：少し前に、都内で20軒くらいのバーとか飲食店を経営してる友達の結婚式で司会をしたんだけど、そいつがみうらさんみたいなんです。スペイン旅行してるとき、スペインのバルを見て「こんな面白い飲み屋があるんだ」と思ったら、すぐに何回も通って、あっという間に日本でもそんな店を作っちゃう。面白いと思って形にするまでが早いんですよ。

例えば、みうらさんが「ゆるキャラ[7]面白いなー」と思っても、何もしなければ何も起きない。面白いと思ってから、「ゆるキャラの本を出そう」とか、「イベントをやろう」っていうまでが、みうらさんはめちゃくちゃ早い。そのスピードがあるってことが、ムーブメントを作ること。ゆるキャラだって、みうらさんと同じように面白いって感じてた人はいただろうから、「オレ、みうらじゅんより前から面白いと思ってたんだよね」っていうヤツもいっぱいいると思う。でも、それは行動しなかったヤツであって、言うだけ悲しい。

M：ゆるキャラに関しては、とにかく面白いから早くみんなに伝えたかったんですよ。リリーさんの言うように、以前から地方キャラのファンはいたと思うんだけど、ファンって純粋に好きになっちゃってるもんだから、あのキャラの存在自体がゆるいって気づかないんだよね。

そういう意味ではオレは、いわゆる「サブいこと」に早く気がつく才能だけはあるんだと思う。

L：ほんと、どんな仕事であっても、絶対にスピードって大切だと思いますよ。例えばオレの会社で、「アレやりたい、コレやりたい」って思いついても、形になるのが遅ければ、オレのなかでも萎《な》えていくし、時代も変わってきて「今更？」になるんですよ。みうらさんが「ゆるキャラやりたい」って言ってパッと動けるスタッフがいる。それはすごくいいと思う。

少し前に出たドラマの台本に、「研究者っていう世界は、10年間頑張って研究したとしても、誰かが1時間でも早く発表したら無に帰す。そういう世界なんだ」っていうことが書いてあったんですけど、同じじゃないですか。みうらさんが「ゆるキャラやろうぜ」って周りのスタッフに言っても、もし安齋さんが先に始めちゃったら終わりじゃないですか（笑）。

みうらさんでも研究者でも、どんなに面白い考えがあったって、それを形にするのはひとりじゃ限界がありますよ。面倒だし。それができない環境にあるっていうのがその人にとって一番の不幸。それは大学なのかもしれないし、企業なのかもしれないし。実際、オレとみうらさんの仕事なんかひとりで完結してると思われてますけど、そんなことないですしね。オレとかみうらさんとか、たとえガスが止まっても電話ひとつかけられないような世間知らずじゃないですか。だから、そういうことをやってくれる身近な人が仕事のスピードをさらに上げるわけだし、そこがモノ作りで一番大切なんですよ。

でもこれって、普通の仕事でも同じであって、仕事ができるといわれてるヤツの上司や部下って、そういう「スピードを上げてやる」ことが上手だったりするし、逆に、それをやらないんだとしたら、その関係性はムダだと思うんですよ。

M：確証があってやってるわけじゃなくて、なんとなく面白いんじゃないかって思いながらやってるのが、きっと面白いんだろうね。来るって確実にわかってる客を集められるとかじゃなくて。何人来るかわかんないけど、武道館でイベントやるみたいな。

L：ちゃんと武道館を押さえて、それを実現する人がいるわけじゃないですか。ある人がクレバーな状況で仕事できるのなんて、本当に短い時期しかない。それを周りの人がちゃんとサポートできれば、以前なら1年かけてもできなかったことを、1か月でできたりする。

M：そのときじゃないとダメなことって、やっぱりあるしね。どんなことでも、時間がかかると間違ってるんじゃないかって思いはじめて、賛否両論気にしちゃう。だから、面白いことを面白くするためには、見切り発車が必要だってことだよね。

【注釈】

1　**「本業」**／主とする仕事。本来の仕事。本職。対義語は「副業」。

2　**「生業」**／なりわい。生活資金を稼ぐための職業。

3　**派遣村**／2008年12月31日～翌1月5日までの間、東京の日比谷公園に開設された、派遣切りや雇い止めなどで職と住居を失った失業者のために一時的に設置された宿泊所。NPO法人が政府に働きかけて実現。2009年末から翌年始は国の緊急雇用対策の一環として全国で実施された。マスコミなどでは「年越し派遣村」とも呼ばれた。

4　**みんなうつになったり自殺者が増えたりする**／国内のうつ病患者数は100万人を超えており、若い世代のうつ病患者数も増えている。また、向精神薬の売上数と自殺者数の相関関係も指摘されている。国内の自殺者数は1998年に初めて3万人を突破して以来、3万人前後で推移していたが、近年は減少傾向となっている。とはいえ自殺率は長年、先進国でトップクラスとなっている。

5　滅私／私利私欲を捨て去ること。みうら流に解釈すれば「自分探し」ならぬ「自分なくし」のことで、その状態になればつらいことや嫌なことも受け流すことができるようになるとか。

6　秋山道男さん／1948年〜2018年。編集者、プロデューサー、クリエイティブディレクター、装丁家、俳優、作詞家、作曲家。リリーと親交が深く、リリー原作のアニメ「おでんくん」では、声優も務めている。

7　ゆるキャラ／「ゆるいマスコットキャラクター」の略で、地域全般の情報PRなどに使用するマスコットキャラクターのこと。みうらが提唱したもので、2008年の新語・流行語大賞にノミネート。みうらによる「ゆるキャラの三条件」は、①郷土愛に満ちあふれた強いメッセージ性があること、②立ち居振る舞いが不安定かつユニークであること、③愛すべき〝ゆるさ〟を持ち合わせていること、である。みうらはさらに「原則として着ぐるみ化されていること」という条件も挙げている。みうらの著書『ゆるキャラ大図鑑』『全日本ゆるキャラ公式ガイドブック』（ともに扶桑社）も人気。

番外編

みうら&リリーが皆さまの悩みに答える
人生駆け込み寺

相談　最近、彼氏とのセックスの回数が極端に減ってしまい、したいけど言いだせない。このままだと自分が浮気しそうで不安でしょうがない
（32歳・女性）

リリー（以下、L）：これ、結構よく聞く悩みですね。女の人は、自分が女だと見られていない感じになると、考え方とか、すごいスピードでささくれ始めますよね。

みうら（以下、M）：浮気するでしょ、いずれ。

L：するっていう前フリでしょ、この質問は。思うに、こういう人は「大金持ちより子だくさん」というのが精神的に豊かになるって、本能的に感じてると思うんです。まあ、誰でも若いときは、あまりそうは思ってないでしょうけど。

M：異性と友達同士の関係になったからセックスできないって言う人もいるけど、一回でもしたら友達じゃないでしょ。リリーさんとはオレ、してないから友達なんだもんね。もししてたら、元カレとか言うよね、やっぱり（笑）。

L：してたら気まずいですよねー、6年間も毎月、同じ仕事で会うの（笑）。

M：あとさ、女の人から誘ってもいいのにね。男だって、何年もしてないと、改めてヤルの勇気いるよ。ものすごくヤリたいほうから言えばいいんじゃないのかな。「ものすごくしたい」って。男も、言われればとりあえずヤリますよ。それが友達ってもんじゃないですか。

L：本気でヤリたい相手に人は弱いですよ。先輩で、予約の取れない焼肉屋を、本気で食いたいって気持ちだけで開店前に開けさせる人がいる（笑）。「料理人は本気の客に弱い」って（笑）。でも、女の人は、ヤリたいって言いだしたときに否定されたら、もう二度と言うまい、ってなっちゃいそうですね。

M：まあそうなんだろうけど、男だって勇気出してしようと思って、「今日、生理だから」って言われたとき、ちょっとショックじゃないですか。前は生理のときも惜しんでやってたのにって話ですよ。男はね、ＡＶとか見て、ヌキすぎですよ。年とったら、本番用に残しておかないと。この彼氏だって1週間ためれば、きっとしたくなりますよ。

相談　恋愛や結婚が面倒で結婚願望がまったくないのに、地方に住む親が〝結婚しろ、子供を産め〟と言って、すごくウザくて困っています。どう対処すればいいでしょうか　（29歳・女性）

L：もっと年とれば言われなくなりますよ。周りも言いにくい年齢になりますから。アウトサイダーの人ってことで。

M：30歳前後は特に言われますよね。義務として言わなきゃなんないと親も思っているから。

L：オレも（井上）陽水さんに会うと、「あなた、結婚しなさいよ」って必ず言われるんですけど。「結婚しないなんて、そんな、そつのない生き方して……一回くらい結婚して苦しんだりとかさ……」って。それってどうなんですかね（笑）。そうなるとやっぱり、そういう人がいてもべつにいいんじゃないかなって気もしちゃいますけどね。

M：でも独身のほうが「そつがない」というのは当たってるなあ（笑）。そのままじゃただでは済まないぞって、既婚者は言いたいだけなんだけどね。

L：「もっと、もがき苦しんでさー」って（笑）。まあ、「独身もがき」もあるんですけどね。

相談　妻に週6でセックスを求められるが、さすがにもたない。どういう断り方をすればいいのでしょうか　（34歳・男性）

L：週6って、景気のいい話ですねえ。でも、「さすがにもたない」ってことは、実際は週3くらいでやってるんでしょうかね。

M：「周さん」頑張るね（笑）。

L：中華の人ですか？（笑）　ほんとは奥さんだって週6でしたいわけじゃないのかもしれないけど、あえてそれくらい求めることで週3のアベレージを保ってるのかも。

でも、まあ週6でやりたがる女の人のほうが信用できますけどね。ダンナを求めてるっていうこともあるし、性欲に対して素直であるっていう。それって内側にためると、急にテレクラの電話番号が気になったり、ティッシュの裏を見始めたり……（笑）。やっぱりそこは女の人も、精神的にも行為的にも能動的でないと、自家中毒を起こして悪い方向に行きますよ。よくセックスレスとかで話し合いの場を設けたりする人たちがいますけど、もう、その話し合いって末期ですよね（笑）。

M：そんな話、座って話しちゃダメだよね（笑）。立ち話ぐらいにしなきゃ。

L：話すときに、ちょっとラベルをはがしたペットボトルの水とか置いて（笑）。

M：NHK的にね（笑）。

L：話し合ってからするっていうのはしんどいですよ。どんなプレイの内容にするかならいいけど。

M：メールで打ったりするのはダメなんですか？「今日、する？」って。そのためにメールってできたって聞いてるけど（笑）。メールで「ぎゅっとしよう」とか、「する？」とか、打つんですよ。打っちゃうと、「あ、打ったな」って思って、その日はムダヌキしないもんですよ。相手がするかしないかを決める前にね、自分のなかで決めとくのがいいですね。

L：下ごしらえしてるんですね（笑）。

M：やっぱり、有言実行ですよ。それにしてもセックスレスの相談って多いよねえ。レスより、デス。「セックスデス」がやっぱりいいよ。第一、相手の機嫌がいいから。

L：こういうのってオレ、経験がないから、あんまりぴんとこないんですよね。やっぱりそれは、オレが女の人と住んだことがないからだと思う。

M：相手のパンツが部屋に干してあるか、ないかは大きいですよ。

L：住むとレスになるもんですか？

M：そういう人も多いみたいだけど、でも住む派としては悔しいじゃないですか。何より住んでるくせにセックスしてるっていうのが、またいいんだけどねえ。

L：状況的にいつでもできるっていうのは、人間は一番こう……。

M：そこで頑張るには、もうちょっとヘンタイを心がけないとダメなんですよ。「ヘンタイは力なり」って言いますから（笑）。

L：どなたが言ったんですか？（笑）でも、とにかく家庭には、ある程度ヘンタイを持ちこまないと続かないでしょうね。

相談　3歳の子供が一人います。2人目が欲しいけど、しばらくしないうちにダンナとセックスをするのが嫌になってしまいました。ダンナとの関係を復活させるにはどうすればいいでしょうか　（33歳・女性）

L：ほかには人工授精か、アフリカから引き取る[2]かですからねえ（笑）。

M：子供は欲しいわ、セックスはしたくないわ、そんな都合のいい話はないですよ。

L：でもこの場合は、話し合いで解決するじゃないですか。子供が欲しいから、何月何日にしなきゃいけないって。これはセックスじゃなくて繁殖行為だから、気持ちや性欲いらないもん。業務だから。

M：でも、いっぱいセックスしたご褒美《ほうび》として、子供はもらうもんじゃないの？「大変よくやりましたので、一人授けましょう」って神様が言うんでしょ。都合よく子供が欲しいっていうのも本能だろうけど、煩悩《ぼんのう》でもありますよ。やっぱりそこには、効率を無視したヘンタイを家に持ち込むしかないと思うけどな。

L：共通のヘンタイ趣味を持っていれば続きますよね。お互いがSMの関係の人たちが別れないのは[3]、この人と別れたらこれができなくなるっていう、長年の麻雀《マージャン》のメンバーみたいな……。やっぱり新しい世界を開かないとねえ。お互いにスキルアップというか、どこかで限界を乗り越えないといけないわけで。

M：あと男は、外ではどこかいいところを見せてするんですよ。それなのに家にいると、いいところを見せてないからダメなんじゃないですかね。オレ、紫綬褒章[4]をもらった日には家でもいいところを見せられるから、すると思う。「紫綬褒章《しじゅほうしょう》もらったから今日はやろう」みたいな。

L：紫綬褒章もらうころに、勃《た》ってればいいっすね（笑）。

M：家にいるときパンツ一丁でテレビを観《み》る自分と、嫁がやりたいって思うはずないよね。だって、付き合ってたときは、きっといいとこ見せてたもん。とにかく相手の立場になって考えないとね。そうやって考えて相手の機嫌がよくなると、自分の機嫌もよくなるっていうことがわからなきゃ。機嫌なんて、本当は他人の機嫌のことなんだよね。

あとは、惰性でやるからセックス自体に飽きてくるんじゃないの。飲み会だって、何かの打ち上げだったら盛り上がるけど、単なる飲み会だとお開きも早いでしょ。

セックスもそうじゃないの？

L：単なるセックスって、長くはしないですよね。そこからちょっとずつヘンタイが始まると。またそこからは、ネバーエンディング・ストーリー[5]ですよ。

相談　セックスレスになってから、性的にも性格的にも合わなくなった。時々、死んでくれればいいのにとすら思うが、どうすればよいのでしょうか　（34歳・男性）

M：だから紫綬褒章でももらえば……。

L：もっと若い人の賞で……（笑）。

M：じゃあ、どちらかが芥川賞[6]でももらえば、そりゃー、やりますよ。

L：一度、賞から離れましょうよ！（笑）　付き合い方とか結婚の仕方で、「この人、真面目《まじめ》そうだから、この人と一緒にいたら幸せになるだろうな」というタイプの人は、だいたい没交渉になってるんですよね。結局、人の真面目さなんてものは長続きしないっていうか、そこから始まると、どうしてもアラが見えちゃうじゃないですか。真面目だけがウリの人って、ポコチン話にしてみると、煮ても焼いても食えないですよね。どこか、面白みがないと。

M：修行が足りないんですよ、面白くない人って。

L：人間として尊敬してる人なんて続かない。パートナーとして尊敬できるかが重要なんですよ。真面目だからって、幸せになることとセットだなんてあり得ない。でも、やがて「セックスもしなくていいから、ただ真面目に仕事だけして」というようなことを言いだすらしいじゃないですか。

M：下半身は不真面目なのか、真面目なのか？　そこをよく考えてないと下半身にコントロールされちゃう。それを頭でコントロールするためには、下半身に関して何かしら不自然なことをしないと無理ですよ。やっぱり不自然な下着をはいたりすることじゃないと、先に進めないんじゃないですかね。真面目だと下着を買いに行くのも邪魔くさいんですよ。あとは、やっぱり外でヌかないことですね。オナニーでもできる限り出さずにギリギリで止めておく修行しなくちゃ。

L：真面目な性って物理的だから、「なんでそんなパンツはかなきゃいけないの？」って芸術否定になる。だったら、もうダダイズム傾向に向かって、「デザインをすべて否定してみる！」って、パイパンから始めなきゃ（笑）。
「止め」といえば、みうらさん10年ぐらい前から「とっとこ精子」[7]主義ですもんね。

M：第一だけ出して、第二は残しておく、みたいな（笑）。そういう性に対する不自然なことを頑張ってやってるんですけどね。そうしないとうまくいかないもん。

L：最近、ハッピーターン[8]とかでもちっちゃいのが出てるじゃないですか。ああいう出し方ですね（笑）。ちょっとずつ食べられる。小分けパックになってる。あれも、やっぱり発想は「とっとこ精子」ですよね。

M：量は決まってるんだし。無駄遣いしちゃダメなんだよ。

L：ちなみに男は生涯で1万回射精できるから、その相手のことを「オマンコ」と呼ぶらしいですけどね（笑）。

M：ってそれ、相談と何の関係もないね（笑）。

相談　長男なのですが、将来、親が倒れたときに面倒をみることができるのか不安です　（38歳・男性）

M：まだ、真剣には考えてないでしょ、そんなこと。世間体があるから考えてるフリしてるだけでしょ。もしそうなったとしても、そのときやれることをやればいいんじゃないの？

L：そもそも、それって結構うまくできてて、みんな平等なんですよね。ある程度働いて、自分の金や自分の時間がやっと使えるようになったと思ったときに、親が病気になったり、身内のトラブルを自分が背負わなきゃいけなくなったりっていうのは。これに遭遇しない人って、まあいないだろうし、遭遇してない人って、よほど自分の家族に対して無責任な人でしょ。

うちの親父《おやじ》も、おじいちゃんの50回忌をしたときに、なんでこの人、こういうこと言うのかなあって思ったのは、法事のときに「なんで父さんばっかり、こんなことさせないかんのかなー、めんどくさいなー」って言うんですよ。しょうがないじゃん、生きてるんだし長男なんだからって（笑）。

M：一応、言っておきたいんでしょうね。オレも長男だし、わかるわ（笑）。

L：でも、オレとかみうらさんみたいに、ひとりっ子は、もう生まれながらにして「いつか、オレはこれをやらなければならないんだ」って、子供のころから腹をくくって生きてますよね。「かわいがられたぶんだけ腹をくっとけ」って言われてるみたいなもんじゃないですか。兄弟がいると「誰が面倒を見るんだ」みたいな話になるみたいですけど、オレらにとっては逆にそういうのって信じられないですよね。

M：確かに。でも、なかなか腹をくれず、つい人に言っちゃうのもわかるんだけどね。だって口にするかしないかの差って大きくない？　言わなきゃいいのに、ついつい不安な話とか人にしちゃうし。言葉にすると少しは正当化されるんじゃないかと思って、言っちゃうんだよね。で、言ったところでよくならないことも知ってるから、頑張って無口でいようと思うんだけど、飲むと言うね、つい（笑）。

L：オレも最近、飲むと、いらんこと言うようになってきたんですよ。

M：いらんこと、出ますか（笑）。

L：きみまろ[9]が言うじゃないですか。「兄弟のどちらが親の面倒をみるかで喧嘩《けんか》をしている。そんなヤツらは自分たちの子供も同じような喧嘩をするってことに気づいていない」って。

M：孔子[10]みたいなこと言ってるんだね、きみまろ（笑）。

L：言ってすっきりしたことなんて、一度もないじゃないですか。やっぱり、言葉に騙《だま》されているんですよ。下品な人って、「言ってやったよ、オレ」みたいな間違った正義感に酔う。

M：そういう意味でも、「言わなくていいことを言わずに済ませる人」ってカッコイイんだよね。

L：「沈黙は金」ですから。

M：「言っちゃった、オレ」っていうのが、もう負けを認めた感じがするからイヤなんだよ。

L：「言っちゃったな」って思いながら、二日酔いになってるときが一番最悪で……って、飲まずに寝りゃいいのにね（笑）。オレらみたいに、なまじ酒を飲むと元気になっちゃうのがいけない。寝ればいいんですよ。若いときは、酒を飲んで寝るヤツってほんとに最悪だなって思ってたけど、結局、寝てるヤツって害がなくていいんですよね（笑）。吐かなければ。

M：親といえば、年金も減ってきてるし、これからは親が子供にたかる時代だって言うじゃない。

L：でもそれは、しょうがないでしょ。「たかる」っていうより、「返す」なんでしょうね。金も恩も。だって、自分が生まれたときは、自分のほうが社会的に弱者だったわけで。今、親が金の無心をするということは、今度は親が弱者になってるわけだから。延々と親から金をもらってるという人はなかなかいないですよ。オレとみうらさんみたいに、22～23歳まで仕送りもらってたりなんて（笑）。働くようになってからも、もらってましたからね。

M：もらってた。物心ついてからずっと（笑）。

L：しかし、兄弟で遺産相続で争うとか、あんなの犬神家[11]以外にもあるんですね（笑）。

M：それは親が悪いね。ちゃんと使い切らないと。使い切れない金を稼いでるってバカですよ。

L：親の面倒をみるというのが、財産をもらうっていう「相続権」とイコールだからダメなんですよ。残った財産は全部、斧《よき》と琴と菊に換える（笑）。「それいるか？」っていう、あの3つ。あれ、なんであんなに欲しがってたんですかね。犬神家の人たちは。怖いよ、あんなの茶の間に置いてたら（笑）。

M：菊もらっても菊人形にされちゃーね（笑）。

L：もう、子供たちがモメそうだなと思ったら、遺言をわかりにくいように書いておいて、小沢栄太郎みたいな弁護士に発表させるの、気持ちいいでしょうねえ。「犬神家……犬神佐兵衛《さへえ》のすべての財産を、カンガルー募金……ふふふ（笑）」みたいに。そこは複雑にしておきたいですよね。みんながモメるように（笑）。どうせならもっとモメさせたい……（笑）。死んでから見てみたいですよね。人間の、優しくしてくれていたそいつらの浅ましさが一番出るじゃないですか。

M：その遺言の謎《なぞ》を解いてくれる金田一も普通は、いないしね（笑）。

L：みうらさんの遺言書を、弁護士がこう読み上げるときに、「すべてのみうらじゅんの財産の半分を子供たち、そしてその半分をひぐりんに……」（笑）。

M：ひぐりんって、担当編集者のアダ名だし（笑）。

L：「しかし、そのひぐりんが財産の分与を拒否した場合は、次のような……」（笑）。みんながひぐりんの面をかぶって、復員してくるんでしょ（笑）。

M：「オレはひぐりんだあー」って、ダミ声で（笑）。とりあえずオレは、エロスクラップを小分けにして書いておくから、どうしても受け取らなきゃなんないよ、それは。

L：エロスクラップは8巻、12巻、48巻は田口トモロヲ氏に。101巻から201巻まではみうらじゅん財団に（笑）。

M：そんな財団ないのにね（笑）。とにかく遺族が困んないよう、葬式代ぐらい残しておけばいいんでしょ。

L：でも、うちのおふくろは、生きているときから、自分の葬式代ぐらいは自分で払うと言って、互助会に月に3000円ずつ掛けてたんですよ。そうすると27万円ぐらいの葬式が出せるからって。当然死んだら互助会の人が来るんですけど……おふくろが注文したものでやってあげるのがいいなと思って。でも「お花どうしますか」って、なんだかんだで最終的に170万円かかったんですよ。結局、それは死んだ人も騙している商売じゃないですか。これで安心して死ねると思ってたのに。

M：「女将《おかみ》、ここは27万円で見繕って」というのがいいのにね。

L：27万円だと、葬式っていう感じのセットじゃないんですよ。それをちゃんとカタログで見せながら、「これだと花は入っていませんけどいいですか？」とか。

M：27万円では、どのくらいのものができるの？

L：いやいや、ほんと、アール・デコみたいっていうか、装飾がないんです。

M：行っても葬式に見えないの？

L：うーん、焼香台だけみたいな感じですかね。棺桶代《かんおけだい》とかも入ってるんですけど。でも結局、飾りを付けたりいろいろしているうちに、タケノコ剝《は》ぎになってるんですよ。しかも、オレなんて、斎場じゃなくて自分の家でやってるんですよ。だったら会場費は払わなくていいわけじゃないですか。それでもその程度しかできないんです。

M：あ、でも宅録、宅飲みの次は宅葬でいいよね。

L：（笑）。冠婚葬祭のなかで結婚式をしない人が増えているから、逆にみんなお金を葬儀のほうに回してるんですよね。だから不安商売が余計に幅をきかせる。生きてるうちに墓石を買わせたりとか。

M：戒名だって高いしねえ。

L：今、戒名ソフト[13]っていうのがあるんですよね。パソコンで入力すると、なんとなくその戒名ができてくるって。たぶん、そんなんでつけてる坊主《ぼうず》いっぱいいますよ。

M：商売の基本は、消費者の不安をどれだけ煽《あお》るか、だもんね。だったらむしろ、煽られてたまるか！って思わなくちゃ。

相談　職場で友人ができなくて困っています（28歳・男性）

L：いいじゃないですか。仕事に友人なんかいります？　オレ、仕事するなかでできた友達なんて、数えるほどしかいないですよ。

M：本当のことを言えば、仕事の友達なんて、オレもいないですよ。リリーさんとは仕事で知り合ったけど、仕事以外で友達になったから。こんなふうに友達と一緒になんかやる、っていうのは本当に珍しいもん。

L：みうらさんが、編集者が自分の担当を外れたあとは一緒に飲まないっていうのは、むしろ普通のことですよ。

M：でも汚いでしょ、オレ。ダーティ・ジュン（笑）。

L：でも仕事相手って、そういうものじゃないですか。そもそも会社で友達をつくるって、ちょっと幼稚じゃない？　会社で友達がいなくても、飲み屋で友達をつくったりとか、いろいろあるでしょ。逆にオレもみうらさんも、大学の同級生と飲むことってほとんどないですもんね。彼らは東京に来て初めて知り合った、いわゆる「友達」だけど、久しぶりに会っても大して話すことなかったり。逆に小学校の友達だったら話は尽きないいんだけど。

M：大学くらいのつながりの友達って、「タモリさんってどういう人？」って、だいたい聞くでしょ？　そういう人って、友達かどうかも怪しいよね（笑）。

L：あと、有名人のあの噂《うわさ》は本当なのか、とか。知らねーし、オレも（笑）。

M：とにかく品がないことが多いんだよね、そういう人って。

L：まあ、だから友達は少ないくらいでいいんですよ。

相談　部下が全然ダメでストレスがたまって困ります　（39歳・男性）

M：でも、部下も上司も自分の鏡みたいなもんだから、それが今の自分のレベルなんだよね、哀《かな》しいかな。やっぱり、部下がダメだっていうのは、自分のレベルがそうだから、そんな人しかついてこないだけで、それを言っちゃおしまいだけど、結局そうだよね。景気がいいときは三流まで金は来るけど、景気が悪くなったら金が来なくなった、っていうだけなんだよね。オレも一時、ぶつぶつそんな話をしてたら、先輩が「お前がその程度だからじゃないの」って。それを言われちゃあ、もう二の句が継げなかったね。

L：「だってしょうがないじゃない」（笑）が出てしまいますね。

M：そこがいいんじゃないの、逆バージョンでね（笑）。今ここにいるのが、オレの状態で、それ以上でも以下でもないってね。将来はわからないけど、ずっとこの感じなんですよ、きっと。それ以上望むのもなんだし、それ以下になろうとする必要もない。まあ、そうはいってもイラッとすることはいっぱいありますよ。

L：オレ、会社やっててよかったなって思うことなんて、3年に一回あればいいほうですよ。いっつも、「なんでやってるんだろう……」って思ってばかりですもん。

M：うまいことになってるんですよねえ。自分のレベルの人とちゃんと付き合ってるんだね。さっきリリーさんが言ってたみたいに、大学のときの友達とあまり盛り上がらないのはステージが違うだけでね。どっちが偉いとかでも、いい悪いとかでもなくて、ステージの違いなんですよね。それはしょうがないですよ、今いる現場が自分なんだから。

L：だって大学の友達とか、もうちょっとまともな会話をしてますよ。オレらなんて、[14]仕事で「女のコのメコスジが」とか言って、プライベートでは「しりとり」しているような人間が……。そりゃ、普通の大人と会って楽しいわけがない（笑）。

M：メコスジは一生、気になるからねぇ（笑）。

L：それでメコスジの話をしてお金をもらって、ロケバスのなかで「しりとり」しているようなオレらを、大学の同級生は、「いいな、お前らそんなんで」って言う。よかねーよって（笑）。

M：人には言えない辛《つら》いときだってあったよね？

L：思い出したら、泣きますよ（笑）。でも、じゃあお前ら、メコスジの話をして金もらえるのかよっていうことじゃないですか。

M：今、自慢できることといったら、そこしかないね。

L：自慢話のスケールの小ささが泣けてきますね（笑）。しかも長くやってるし、話しているうちに話の対象（グラビアアイドル）が減ってきてたりして。語り部だけが残ってるっていう（笑）。オレら、村の民謡を知っている語り部の長老みたいなもので、その舞踏自体はもうないんですよ。

M：だからこそ、伝えていかなくちゃならないって義務感はあるね。

L：やっぱり友達になる人って、同じ仕事じゃないにしても同じ緊張感を持ってるんですよ。だから少しくらい仕事が違っても、なんかわかり合える。

M：ここまで言ったら叱《しか》られるんじゃないかって緊張感ね。

L：その緊張感って社会的地位の高い低いとかじゃなくって、横のほうに感じるんですよ。そういう人たちは、メコスジの話をしてお金をもらえる人の大変さということを知ってるから（笑）。

M：やっぱり、そこは大東京だよね。

L：[15]『セックス・アンド・ザ・シティ』ですから。サラとジェシカとパーカー……。って言ってはみたけど……観たことないんですけどね。

【注釈】

1　**6年間も毎月、同じ仕事で会うの**／「週刊SPA!」の人気連載「グラビアン魂」のことで、月に1回の対談は和食系の居酒屋で5～6時間（長いときは朝まで）行われている。2021年現在は17年目に突入。

2　**アフリカから引き取る**／厳密には養子縁組による。有名なところではアンジェリーナ・ジョリー

（カンボジア人の男児、エチオピア人の女児、ベトナム人の男児）、マドンナ（マラウイ人の男児１人、女児3人）など。

3　SMの関係の人たちが別れないのは／通常の男女関係に加え、明確な主従関係や協力関係が存在しているため、より強固なパートナーになることが多い。

4　紫綬褒章／日本政府が授与する栄典のひとつ。主に文化系（学術、芸術、発明）の事柄に功績があった人に贈られる。

5　ネバーエンディング・ストーリー／現在パート4まで製作されており、1作目は１９８５年に日本公開された。対談中では、単純に「ずっと続く関係」を意味するダジャレとして用いられている。

6　芥川賞／正式名称は芥川龍之介《あくたがわりゅうのすけ》賞で、純文学の新人に与えられる文学賞。「文藝春秋」創設者の菊池寛が１９３５年に直木三十五《さんじゅうご》賞（直木賞）とともに創設。社内の日本文学振興会によって選考が行われ賞が授与される。年2回。

7　「とっとこ精子」／みうら自身が実践する、精子を全部出さずに「（半分くらい）取っておく」という技（?）。アニメ『とっとこハム太郎』とかけた、みうらの造語。

8　ハッピーターン／亀田《かめだ》製菓が製造販売（１９７６年〜）する楕円形《だえんけい》の洋風せんべいで、「幸福（ハッピー）」が客に「戻ってくる（ターン）」よう願いを込めて名づけられた。ハッピーパウダーと呼ばれる調味粉がつきやすいようにパウダーポケットと呼ばれる凹凸がついている。対談中でリリーの言う「ちっちゃいの」とは、通常の4分の1サイズ程度のミニパックのこと。

9　きみまろ／綾小路《あやのこうじ》きみまろのことで、１９５０年生まれの男性漫談家。毒舌漫談が主婦層に人気で、自称「中高年のアイドル」。ステージ上のファッションはカツラと扇子、赤い燕尾《えんび》服《ふく》。もみあげは自毛。

10　孔子／春秋時代の中国の思想家（紀元前５５１年〜４７９年）。儒家の始祖。原始儒教（ただし「儒教」という呼称の成立は後世）を体系化し、一つの道徳・思想に昇華させた。

11　犬神家／横溝正史《せいし》原作の長編推理小説で、市川崑《こん》監督で１９７６年に映画化された『犬神家の一族』のこと。財界の大物・犬神佐兵衛の死去に伴い、莫大《ばくだい》な遺産を巡っておぞましい殺人が起こる。その奇妙な事件を名探偵・金田一耕助が解決していく。ちなみに、リリーが対談で言っている「斧・琴・菊」は、犬神家の三種の家宝のこと。

12 田口トモロヲ氏／1957年生まれの俳優。ナレーター、ミュージシャン、映画監督、パンクバンド「ばちかぶり」のボーカリストとしても知られる。かつてNHKで放送されていたドキュメンタリー番組『プロジェクトX』の語りでも有名。みうらとはチャールズ・ブロンソンの男気に憧《あこが》れて結成した音楽ユニット「ブロンソンズ」を組む盟友であり、みうらの自伝的小説を映画化した『アイデン&ティティ』（2003年）、『色即ぜねれいしょん』（2009年）の監督でもある。

13 戒名ソフト／ネット上ではフリーソフトとして配布されている。

14 仕事で「女のコのメコスジが」とか言って／ここで言う「仕事」とは「週刊SPA!」の「グラビアン魂」の連載対談のことで、近年は「着エロ」と呼ばれる水着を局部に食い込ませたり、乳首を泡で隠すなど過激路線が多いため、必然的にこういった会話が増えている。

15 『セックス・アンド・ザ・シティ』／アメリカの連続テレビドラマ（1998年〜2004年）で、全6シーズン。ニューヨークに住む30代の独身女性4人の生活をコミカルに描き、エミー賞を7回、ゴールデン・グローブ賞を8回受賞している。対談中では、みうらの「大東京」に対してリリーが都会の象徴として言ってみただけと思われる。

第四章　「生と死」にまつわること

「病気・健康・自殺とは？」

みうら　若いころはストイックだったからできなかったけど、「だいたい」で済ませればストレスは減る

リリー　そもそもよく知らない自分の「絶好調」を目指すからストレスになる

みうら（以下、M）：ずーっと健康に気をつけていても、病気になるときはなるんだもんね。不思議だね。どっちにしても、健康を過信しちゃいけないってことだよね。

リリー（以下、L）：当てにならないし、当てにしたら逆に損しますしね。

M：大病すると人生観が変わるとか言うけど、あれも、そのときだけでね。高校のとき入院したけど、もうどんな感じだったか覚えてないですよ。忘れるんですよね。

L：何の病気だったんですか。

M：盲腸破裂して腹膜炎をこじらせて、腸閉塞《ちょうへいそく》になっちゃった。2回も手術してさ。

L：オレも子供のとき、腸閉塞になりましたよ。

M：腸閉塞コンビ（笑）。腸が癒着してウンコも出ないってね。1か月以上の入院だった。

L：それ、相当悪い状態ですね。

M：オレは聞いてなかったけど親は病院から、「70％はダメかも」って言われてたんだって。で、2回目の手術でストレッチャーに乗せられてるときに廊下で、うちの親父《おやじ》が笑ったんだよね。なんで笑ったんだろうと麻酔打たれてる間ずっと考えてたんだけど「あ！　死ぬんじゃねえか⁉」と気づきながら記憶が薄れていったんだ。後で聞いたら、「せめて笑って送ってやろうと思った」って、そんなバレるようなことするなよって（笑）。

L：オレも腸閉塞になったとき、「この手術をしたら、死にはしないけど、ほぼ運動がちゃんとできない子になると思ってくれ」って言われたらしいです。そこで死ぬ人もいれば、運動ができなくなった人もいるわけで。まあ、医者も最悪のこと考えて、悪いほうにゲタ履かせて言うんでしょうけど。

M：よかったねえ、お互い。そう考えると、確実に生かされてるよね。生きてるんじゃなくて、生かされてるだけなんだよね。自分探しなんていうけど、自分の内臓のこと言われてもどうなってるのか知らないしね。自分のことって、ほとんど知らないんだよね。

L：でも今、健康オタクの人がどんどん増えていて、よく言われてることだけど、その人たち、自分の体にすごい神経質になってるじゃないですか。そうやって神経症になっていって、いろんなことが気になりだす。つまり、ストレスが一番体に悪いということはみんな知ってるのに、自分でストレスの原因をつくってるわけでしょう。これってすごく本末転倒だし、人間、適度にできないってよくわかりますよね。近田春夫[2]さんが「調子悪くて当たり前」って、よく言うんですけど、ほんとそうだと思う。そもそもよく知らない、あるかないかわからない自分の「絶好調」を目指すからストレスになる。

M：普通に年をとっていくと、歯・目・マラの順にダメになっていくっていうじゃない。このあいだ歯医者に行ったら「治してもいいし、治さなくてもいい」って言うんだよね。どうせもうすぐ入れ歯になるから、ということだと思うんだけど、完璧《かんぺき》に治らないという前提で生きてるのと、完璧に治せると思ってるのでは気持ちが違うよね。若いころは、完璧に元に戻す……視力もちゃんと裸眼と同じようにメガネを作ったりするけど、今はもうだいたいしか見えないんだけど、まあそれでもいっか、みたいにね。

この「だいたい」っていうのが一番ストレスがたまらなくていいんだってね。若いころはストイックだから、この「だいたい」が許せなかったもん。

運動にしたって、本当は歩くのがよくて、40歳を超えたら走ったらダメらしいじゃないですか。ずーっとやってた人ならいいけど、美術系がいきなりマラソンを始めたりするの、どだいおかしいよ。

L：今、ジョギングブームじゃないですか。でもジョギングって、ものすごく足にも心臓にも負担がかかるのにみんなやるっていうのは、自分が頑張っていることを体感しやすいんでしょうね。脳内麻薬も出まくって。

M：勘違いの満足感を得るんだよね。

L：まあ、いわゆるランナーズハイは脳内麻薬中毒ですもんね。

M：「以前より走れるようになった」って言うよね。どこまで行くんだって。「だいぶ距離が延びてきた」って言うけど、だったら走って帰省でもしなよ（笑）。

L：オナニーハイのときもありますよね（笑）。もう1、2回出せそうな気になってる（笑）。

M：ダメなオナニーのときもあるしね。なんだか尿道のあたりがイターいやつね。逆にオナニーもできないというのは、健康じゃないってこと。オナニーは健康のバロメーターなんだよね。

L：そうですよ。こないだ、入院しているとき、する気にならなかったもん。だからオレ、気持ちが鬱々《うつうつ》としてきたと感じたら、早めにオナニーするようにしてますよ。一瞬、すっとイヤなこと忘れますもん。

M：不安でサオこすってるヤツ、あんまりいないもんねー。不安なことを思うと勃《た》たないんだよね。陽気にいてこそ陰湿なイメージが膨らませられるんだよね。

L：やっぱり酒も、体調が悪いと飲みたいと思わなくなるじゃないですか。タバコもそうだし。意外と体に悪いことでも、やりたいと思っているうちはまだマシで。結局のところ、いろんなことの結論は、みんな考えすぎて破綻《はたん》してるということがよくわかりますよね。

M：自殺って、誰にも迷惑かけなかったら本当はしてもいいんだよね。でも、必ず誰かが迷惑するし、なんかズルい感じがするんだよ。みんながブーブー言ってる理由って、そこだけじゃないの。

L：自殺ができる人って勇気もあるし、すごく自尊心が強いと思うんです。だから逆に、そういう性質をもった人がネットで赤の他人と集まって自殺するっていうのが、いまひとつ理解できないんです。そのとき、もうすぐ死ぬわけじゃないですか。それなのに最後くらい人と違う自殺をしてやろうと思わないのかなって。

例えば練炭みたいな、そんな安価なもので……だったら、東京ドームぐらいのでっかい練炭を作って（笑）、練炭を2万個ぐらい集めたうえで死ぬとか。切羽詰まると自分が人生の主人公だってことを忘れるんでしょうかね。

M：それだけの量だと集めるうちに、何のために集めてるのかわからなくなるね（笑）。

L：そのうち練炭に詳しくなったりして（笑）。

とにかく最後に死ぬんだったら、もっと自意識というものを肥大させて、絶対に誰もやったことがないような自殺をしようって思えばいいのに。たぶん自殺する人って、突発的にする人が多いのかもしれないけど、オレみたいに炭鉱町で育ったヤツに言わせれば、練炭っていうのはクズを練ったものですからね。最後が練炭っていうのもどうかな、とは思いますよ。なんか、いろいろ思いとどまってほしいです。

M：どんな自殺が一番勇気いるのかな？　崖《がけ》から落ちるのはどうなの？

L：いや、あれは途中で意識がなくなるっていうじゃないですか。噂《うわさ》では。

M：そう考えると、「飛び降りはキツい」って言ってるヤツが生きてるってこともヘンだよね（笑）。電車の人身事故も多いけど。

L：死んだ後のデザインも考えなきゃですよねえ。轢死《れきし》はひどいですよ。

M：子供のころから電車マニアなのに、肉片を片づけるのがイヤでJRに勤めなかったっていう人もいるんじゃないの？

あとさ、他殺に見せかけたいとか思わないのかなー。首に締められた痕《あと》をつけといて……とか。

L：ダイイング・メッセージで嫌いなヤツのイニシャルを残したり（笑）。

M：自殺を他殺に見せたいヤツは、あまりいないのかもね。

L：他殺を自殺に見せようとするヤツはいっぱいいますけどね。でも自殺を他殺に見せるのは、小説だったらありそうですよね。復讐《ふくしゅう》したいヤツが殺したように見せかけて、そいつが終身刑になる、みたいな。そういう小説をうまいこと書きよる人、いるでしょ（笑）。

M：でも、高校生のときは自殺とか考えたなあ。考えなきゃバカだと思われるんじゃないかって（笑）。あのころは、自分なんかないから、人からどう見られるかっていうことばっかり考えてたよね。本当はめちゃくちゃ陽気だったけど、いかにしてシリアスを手に入れるかばっか考えてた。でも、いくら自分らしさとか個性とかいっても、結局、周りの人がいて環境があって自分が成立しているからね。

L：人の存在って反射じゃないですか。だから、まったくひとりで無人島にいる人って、どこまで人間らしい生活を維持できるのかな、って思うんですよ。もちろん髪とかヒゲとか切らなくなりますよね。

M：どう見られたいのかっていうのがなくなるから、もっと自然になるんじゃないですかね。本来の自分に戻るというか。

L：でも、ハナから人のいないところで生活してたら、寂しくもなさそうじゃないですか？

M：寂しいというのも結局、寂しくないという気持ちとの比較ですからね。比較するからジェラシーもあるわけで、その比較を生きるうえでのプラスに持っていこうというのが、一生の課題だね。

L：だから、最近の安易なポジティブシンキング、「あなたは世界にひとつだけの存在なんだから、人と比較するのは間違ってる」みたいなのって、すごくおかしいと思うんです。何かと照らし合わせて自分があるのに、照らし合わせるなって、無人島じゃないんだから無理ですよ。自分を探すんじゃなくて、自分の居場所を探せばいいんだけど、それが見つからずに自殺をしてしまうというのが、日本人の自殺の原因として多いんじゃないですかね。

M：「空」みたいな状況がないんだから無理だよね。本当の意味でのオンリーワンって、他人にはまったく理解できない存在になるしかないからね。それになりたいとは思わないでしょ、普通は。

L：その比較にも、いい比較と悪い比較があるってことを教えないといけないと思います。妬《ねた》み、そねみばっかりじゃダメだし、一方で嫉妬心《しっとしん》というか競争心がなくなるのもダメだし。だって向上心って比較からしか出てこないですよね。芸術もそう。100年、200年のスパンで考えたら、山の中でもいい壺《つぼ》作ったら誰かが見つけてくれて売れますよ。純粋芸術をやってたつもりでいても、嫌々でも人に知られて純粋芸術じゃなくなっていくのが現実社会ですもん。

M：もし仮に「理想を実現してよかったね」って言われてる人も、本人は、そのときそうは思ってないでしょ。芸術家を名乗る人のなかには、その理想と現実の狭間《はざま》で悩んで、自殺する人もいるけど。人に迷惑をかけないように自殺しようって気を使える人は、最終的に生きてるよね、仕方なく。

L：人知れず樹海とか海で失踪《しっそう》って方法を選ぶ人は、「どこかで生きてるかもしれない」と思えるのりしろを作るという意味で気を使ってるんでしょうかね？　ただ、今の時代、ちゃんと失踪をやるのも難しい。

M：心ないツイッターで「なう」書かれちゃうからね（笑）。まあ、生まれたからには死ぬまで生きていくしかないってことですよね。

【注釈】　**1　腸閉塞コンビ**／食べ物や消化液などが腸に留まる病気で、腸が拡張して張ってくるため、おなかが痛くなり、肛門《こうもん》の方向に進めなくなった腸の内容物が逆流して吐き気を催し、嘔吐《おうと》することもある。みうらは高校時代、リリーは幼少期に患《わずら》っている。

2　近田春夫さん／1951年生まれのミュージシャン、作曲家、音楽プロデューサー、音楽評論家、タレント。慶應義塾大学在学中から、内田裕也《ゆうや》のバックバンドでキーボード奏者として活躍。近年はCMソングのプロデュースや、『週刊文春』での連載「考えるヒット」における歌謡曲分析などで有名。ちなみに近田は、CM楽曲を1000曲以上作曲しており、日本のCM界では3位（1位は小林亜星の6000曲超、2位はキダ・タローの3000曲超）。

「生きざま・死にざまとは？」

みうら　人は生まれた瞬間に余生が始まる。
「死ぬために生きる」のではなく、
「死ぬまで生きる」だけ

リリー　死んだら全部チャラなんだとしたら
もう怖いものはない

L：この10年で自殺者の数が年間2万人から3万人に増えたんですよね。年間3万人以上死んでるってことは、今日も100人近い人が自殺してるってことですよ。これは、この国のすごい問題だと思う。

M：ホントすごいね。たぶん、ここ何百年も地獄ブーム[1]来てないからだよ。不況のほうが地獄より怖いってことになっちゃったんだね。

L：人間はお金がなくなると死ぬし、生き甲斐《がい》がなくなると死ぬじゃないですか。

M：でも、それに反発して生き続けることが生き甲斐ってことなのにねえ。それがロックだって教わった気がするよ。

L：でも、ロッカーにも自殺が多い[2]んですよね。

M：ロックも流行《はや》ってないからかねえ。こうなると誰かが死んだときに「あいつバカだったな」って笑われるようになるといいね。みんなに祝福されて生まれたんだから、死んでみんなに喜ばれなきゃね。

L：キリスト教みたいに、神に召されてよかったとか、最後になにか欲しいですよね。頑張って生きてきた人に対して。

　よく人はひとりで生まれてきてひとりで死んでいくって言うけど、でも人って、ひとりじゃ生まれてこないですよね。産んだお母さんがまずいるし、取り上げてくれた医師や産婆《さんば》さんもいるわけで。「オレはひとりで生まれてきた」って、人に言うことが口はばったい気がするんですよ。少なくともほとんどの人が歓迎されて生まれてきて、たとえ歓迎されてないにしても、誰かの手助けのもと、ここにいるわけで。

M：生まれたってことは、きっと誰かに招かれたわけなのにね。

L：自然発生的に生まれたとか、湧《わ》いたってことはないですからね（笑）。だから、ひとりで生まれてひとりで死ぬってそんなに格好良くないし、人に面倒を見られながら生まれてくるんだから、死ぬときも人に面倒を見られながら死んだっていいんですよ。

　最初から迷惑かけて生まれてきてるんだし。よだれ掛けとか着けられたり、寒くないように指の先が出ない服着せられてたのに、大きくなって無頼とか気取ってどうすんですか。「ひよこの服、着せられてただろうが」って（笑）。

M：しかも、ひよこの服は自分で選んだものじゃないのに（笑）。だから逆に、「オレはそんなに面白くないなあ」って思って落ち込んだりしてると、なかなか死なないらしいよね（笑）。

L：この前、きみまろの本を空港で読んでたら「15年後、間違いなくみなさんは死んでます」って言われて、会場のばあちゃんたちみんな爆笑してるんですよ（笑）。

M：真理は爆笑とるからね。ただ、真理って使っていいときと悪いときとがあって、コピーライターの仲畑貴志さん[3]に「コピーって真理なんですか？」って聞いたら、「真理はちょっと引っかけるけど、それは使わない」っておっしゃる。なぜならコピーに真理を使っちゃうと、モノが売れないんだってね。だって、真理を使うと「どうせ死ぬんだから、買わなくていい」ってなっちゃうじゃない。

L：本当の真理って、「人は死ぬ」っていうことだけですもんね。

M：まさに生まれたら余生。すぐに死へのカウントダウン始まるもんね。余生って年寄りくさい言い方だけど、実は最初からなんだよね。「死ぬために生きる」のではなく、「死ぬまで生きる」だけのことなんだよね。

L：うちのばあちゃんが何年か前に94歳で死んだとき、それくらいになるとすでに子供たちも死んでて、当然、友達も親戚《しんせき》もみんな死んでるから、ものすごい少ない人数の葬式になるんですよ。だから、若いうちに死んでたほうが葬式の規模は大きいわけで、あんまり長く生きていると、会場はサブカルのトークショーみたいにこぢんまりしますよね。

M：だから、うまいこと死んだほうがいいんですけど、そこがまた選べないっていうのが面白いところなんですけどね。

L：例えば、生まれたときに神様が「こいつは何歳まで」とかシフト表みたいなの決めてるんですかね。

M：決まってると思ったほうがラクだね。

L：そういう意味では、3歳で死んだ子も最初から3歳までって決まってるんだから寿命なんでしょうね。だから、いつ死んでも、その人の天命を全うしたってことなんですよ。

M：そう思うのがいいね。なかなか、そうは思えないのが人間だけど。

L：あと、死んだら全部チャラなんだとしたら、もう怖いもんなしですよね。まあ殺《せっ》生《しょう》だけはダメですけど。

M：殺生はできる限りしないようにしないと。でも、どんなに聖人君子の人生を歩いてきても、最後の最後で、息子の嫁のおっぱい触ったりとか、酔って痴漢したり、携帯で盗撮しちゃったりとか、ちょっとしたことで台無しにしちゃう人もいるじゃん。わかんないもんだよねえ。

L：あと、葬式でも必ずあるじゃないですか。映画の『お葬式』[4]みたいに、高瀬春奈[5]をバックでヤらなきゃいけないみたいな状態。そういうのを、葬儀委員長がどうさばけるかですよね。「あ、あの人来ちゃった。正面から見えにくいところに立ってもらおう」とか。そう考えると葬儀委員長も忙しいですよね。インカムとかつけて、「あー。愛人来ちゃったから、ちょっと受付で時間稼いで」ってやんなきゃいけないわけですもんね（笑）。なんなら、そういうちょっと問題ある弔問客用にもう一個、別のセット組んでおくとか。ダミーの祭壇で。

M：別のセットで「肉体関係者席」ね（笑）。どこまで関係を持ってるかって重要だからね。どんなヤリチンでも最後の最後くらいは安らかに往《ゆ》きたいって思うだろうしね。

L：男の勝手な美学みたいなね。「みんなが傷つかなければいい」って最後まで思うんですよね。

M：あと、裁判員制度みたいに、葬儀員席を設けてさ、知らない人のも出席しなきゃならないシステムにすれば、身内だけの悲しみから解放されると思うよ。

L：しかも、みんなが思う宗教観のコスプレしてほしいですよね。[6]『ビルマの竪琴』みたいに肩にオウム載せてる人とか（笑）。

M：でもオレ、自分の葬式、楽しみなんだよね。みんな、結構長い時間、オレの話をしてくれそうだもん。でもまぁ2次会に行くと、もう違う話になってるだろうけどね。実際、オレ、葬式のあと男3人でキャバクラ行ったことあるもん。しかも結構ウケた（笑）。

L：オレも人の葬式で、友達と5人くらいで喪服着て黒いネクタイしてるもんだから、

「なんか『レザボア・ドッグス』[7]みたい」って話で盛り上がりましたもん。で、どっか行きたくなるんですよね。

M：コスプレ（笑）。だから、せめて帰るまでその人の話しかしちゃいけないって、法律で決まらないかね。よくイベントとかライブで打ち上げだけ飲みにくるヤツいるでしょ。そういうヤツに限って、本番は見てもないんだよね。それが葬式だと思うとゾッとするし、こっちは死んじゃってるから文句ひとつ言えない（笑）。

L：でも、葬式のあと、寿司《すし》食いながら故人の話をしてる人ほとんどいないっすよね。

M：ね、あれ故人からの最後の奢《おご》りなのにね。

L：いっそ、ケータリングで、板さんが目の前で握ってくれる寿司とかどうですか？　TBSの『オールスター感謝祭』[8]みたいな。

M：あと、こういう商売だから、絶対に欠かせないのが物販だよね。ブースを作ってさ、生前に売れ残った本やDVD並べてさ。

L：死んだ日付を入れたTシャツとかね。香典プラス物販で収益増ですよね。

M：これが、本当の意味での在庫処分だもんね（笑）。でも、ほんと、「物販」と「弔辞の赤入れ」と、「参列者には故人の話だけをさせること」は徹底したいね。

L：あと、墓のデザインもありますよ。

M：遺影の写真チェックもしたいよねぇ。「この部分の肉のたるみ削る」とか、修正の指示も入れてさ。

L：あれって、人が死んでから遺影作るまであっという間だから写真を選んでる時間がないいんですよね。

M：遺影って何年間が賞味期限なのかね。おじいちゃんが小学生のころの写真出してこないもんね。

L：でも、年寄りほどリアルタイムの写真より、10年くらい前とか少し若かったころの写真がいいってね。「あ、これじゃあ死んで当たり前だ」みたいな年齢の写真だと生々しすぎるし（笑）。

M：最後、棺桶《かんおけ》開けて写真と同じ顔が入ってたら、なんとなく思い出話がしにくいもんね。あと、棺桶にはメガネも入れてあげたいよね。燃やせないからダメっていうんだけど、送り出すまででいいから、かけておいてあげればいいのにね。あの世でレーシック手術できるなんて聞いてないから、メガネがないと迷うよ、地獄。こうなったら、燃やせるメガネがいるね。

L：あと、故人が好きだった格好に着替えさせてあげてたりするのもありますよね。そういえば知り合いのお母さんが卓球大好きだったんで、死んだときも卓球のユニフォーム着せたらしいんですけど、どうなんですかね？　故人としては。

M：あの世に卓球台あるかどうかわかんないのにね（笑）。

L：ほかにも、オレの友達のお母さんが死んだときに、キリスト教だったんでそんなに派手ではないんですけど、お母さんが腹話術師だったんで、祭壇のお母さんの写真の横に〝けんちゃん〟っていう腹話術の人形が座らされてて、それと目が合うんですよ。

M：うわ、こわっ！「ボク、シンダヨ」とか言い出しかねない（笑）。

L：ちなみに、腹話術の人形って、意外とデカいんですよ。で、そのオレの友達は、生まれたときからけんちゃんがいたんで、「けんちゃんが服買ってもらってんのにオレは買ってもらってない」みたいなことが結構あったんですって（笑）。あとは、お母さんが新ネタを子供たちにネタ見せするらしいんですけど、それが結構、キツいって話してましたね（笑）。

M：思春期だと辛《つら》いかもね。でも、そういう不気味葬みたいなのもアリかもね。

L：坊さんの読経《どきょう》が腹話術とかね（笑）。

M：でも、どうにか一泡吹かせたいよねえ。

L：「聖飢魔Ⅱ」[9]がライブやるとかもいいですよね（笑）。

M:「お前を即身仏にしてやろうか〜」くらい言ってもらいたいよね（笑）。でも、本当に最後なんだったら、自分で仕切らないとダメだよ。イベンターに任せきりはよくないよ。泣かす演出は主人公がすべきだね。

L:そうですねえ。オレ昔、ピエール瀧《たき》とかと海に遊びにいくと、写真をよく撮ってたんですよ。で、後日それを家の中でスライド映写機で壁に映して、BGMにル・クプルの『ひだまりの詩』とかかけると、波打ち際《ぎわ》で大ハシャギしてる瀧が、なぜか故人っぽく見えるんですよね（笑）。おどけてる人間って、そういうとき、ほんと哀《かな》しく見える（笑）。

M:[10]『太陽にほえろ！』でも、生前に陽気な刑事ほど殉職するのが一番哀しかったもんね（笑）。

【注釈】

1 地獄ブーム／『マイ仏教』にも書かれているが、仏教の存在感を取り戻すために地獄に対する恐怖をブームのように浸透させるべき、というみうらの持論。同書によると、日本で初めて地獄について書かれたのが、源信の『往生要集』（985年）。これを読んだ平安時代の貴族たちは衝撃を受けたという。みうらは、地獄への恐怖が浸透していないがために、日常生活のほうに恐怖を感じて、その結果、自殺者が増えていると嘆いているのだ。

2 ロッカーにも自殺が多い／リチャード・マニュエル（ザ・バンドのピアニスト）やカート・コバー

ン（ニルヴァーナのボーカリスト）などが有名で、日本ではHIDE（X JAPANのギタリスト）の自殺が話題にのぼりがち。

3　コピーライターの仲畑貴志さん／1947年生まれのコピーライター。糸井重里《しげさと》や川崎徹《とおる》らとともにコピーライターブームの立役者の一人。「コピーライターの神様」と称され、カンヌ国際広告映画祭金賞、朝日広告賞、毎日広告デザイン賞など受賞歴多数。

4　映画の『お葬式』／1984年公開の伊丹十三《いたみじゅうぞう》の初監督作品。妻・宮本信子《のぶこ》の父親の葬式で喪主となった実体験をもとに、わずか1週間でシナリオを書き上げた。タイトルと作中にあふれる笑いのギャップが話題となり大ヒットし、日本アカデミー賞など国内の映画賞を総ナメにした。微妙な人間模様を描いた作品で、山崎努、宮本信子、菅《すが》井きん、大滝秀治、財津一郎など、錚々《そうそう》たる演技派俳優が出演。

5　高瀬春奈／1954年生まれの女優。伊丹作品では、『あげまん』（1990年）、『大病人』（1993年）に出演。ヌードシーンや濡《ぬ》れ場など、豊満な肢体を武器とした妖艶《ようえん》な演技で活躍。

6　『ビルマの竪琴』／1956年に市川崑監督作品の2部作として公開され、話題を呼ぶ（1985年にも市川監督でセルフリメイク）。ヴェネツィア国際映画祭サン・ジョルジオ賞受賞。アカデミー外国語映画賞にもノミネート。原作は、竹山道雄が執筆した同タイトルの児童向け作品。

7　『レザボア・ドッグス』／1992年公開のクエンティン・タランティーノが監督・脚本・出演を務めた犯罪映画で、タイトルは「掃き溜《だ》めの犬たち」の意味。タランティーノ自らが主役のホワイトを演じた自主製作版を、俳優のハーヴェイ・カイテルが気に入り、カイテル本人も出演してハリウッドでリメイクされた。緻密《ちみつ》な人間描写と時間軸を巧みに操った構成、そしてスタイリッシュな劇中音楽で人気を博した。

8　TBSの『オールスター感謝祭』／1991年の秋から、番組改編期である春と秋に生放送される、放映時間5時間半の大型クイズ・バラエティ番組。対談中でリリーが触れた「ケータリング」とは、番組内の15分間の休憩中、参加者に振る舞われる高級料理のこと。

9　「聖飢魔Ⅱ」／1982年に結成されたヘヴィメタルバンド。音楽を媒介にして悪魔教を布教するために組織された「教団」であると主張し、活動目的は地球征服を完遂して解散することらしい。ボーカルのデーモン小暮のキャラクターで一躍人気に。

10　『太陽にほえろ！』／1972年～87年に日本テレビ系列で放映された刑事ドラマ。ボスこと藤堂係長（石原裕次郎）以下、ニックネームで呼び合う警視庁七曲署（東京・新宿）刑事課捜査第一係の刑事たちの活躍が描かれた。

「若さと老いとは？」

みうら　スゴいヤツは、年齢を気にさせない。
つまり、若さや老いとは無意味な感覚

リリー　年をとるのも嫌だが、若返るのはもっと嫌なこと。
20代のときの思考を思い出すと、頭をかきむしりたくなる

M：もう「若さとは」ってことを語ってる時点で、若くないってことだよね。考えないことが若さであり、若いときって、「若さってさー」って一度も言ったことないもん。

L：昔、マニラで若王子さんが監禁[1]されて……。あれ、どこの社長でしたっけ？

M：三井物産のマニラ支店長だね。あのときの報道写真、まだ取ってあるわ。こうやって指を曲げさせられてるやつ。ほかに若がつく人って若王子さんと、若井ぼん・はやと[2]、若井小づえ・みどり[3]くらいか……。

L：なんの話でしたっけ（笑）。みうらさんは「最近の若いヤツは」って言いますか？

M：いや、それは若い人に興味を持ってる人が言うことであって、オレは全然興味がないからほとんど言わないなあ。逆にすごいヤツって、峯田君[4]みたいに年齢を気にさせないんだよね。若いからどうだっていう感じじゃないし、それがカッコイイということなんだよね。

L：うん、そう思う。あと年をとるのもイヤだけど、若返るのはもっとイヤですね。

M：なんなら説教してもいいですよ、昔の自分に。

L：20代のときの思考を思い出しただけで、頭をかきむしるぐらいイヤですもん。

M：悪い結果になったとき若さって輝くけど、いいほうに出たときはあんまり若さって意味ない感じがするなあ。ニキビとかさ。もうフケも出ないもん、全然。「ラクでいいじゃん」って言われても、ああもう出ないんだなあ……って（笑）。

L：みうらさんがいくつのときかな……。「もうオレ、厄年すら来てくれないんだ」って呟《つぶや》いてましたね（笑）。

M：それがさ、最近60歳の厄年が新設されたんだよ。神社で聞いたら「前からありますよ」って言ってたけど、きっと嘘《うそ》だよ、あれ。人間が長生きするようになったから、厄年を上乗せしたんだよ。最後だと思ってた厄が明けて神社に行く必要がなくなっちゃったとき、「もう厄年もないんだから、これからいいことばっかりじゃん」って思ったら、なんかフケた気がしたなあ。そういう意味では、厄が追加されてよかったかもしれない（笑）。

L：そのうち、160歳くらいの厄年出してきますよ、神社も（笑）。

M：あと今、試験がないだけでも、ものすごくいい。ラッキーだよ。だいたい、このままの姿で大学生になったら、老人大学生だよ（笑）。

L：教授のほうが年下ですよ。その学生のあだ名、「教授」じゃないですか。しかも、坂本龍一さんが言われているような意味じゃなくて、ただ年寄りっていうだけ（笑）。

M：「銅像」とか言われてるかもしれないね。

L：もうハナ肇《はじめ》ですよね（笑）。あと逆に、年のとり方の話なんですけど、よく「死ぬときに後悔したくない」とか言うけど、あれって、そのプロセスは絶対モテたほうがいいに決まってるし、金持ってるほうがいいに決まってるんだけど、最終的にどうなるかっていうことで人は怯《おび》えてるわけでしょう。それってほんの人生の一瞬なのに、そこが一番怖いって不思議ですよね。

M：だったら、最後になんて言って死ぬのかを先に決めておけば、その言葉に合った人生になるんじゃない？　後悔っていうのはもう一回やり直せるかもしれないって思うからするわけで、やり直せないときにするのは後悔とは言わないもん。

L：少なくともオレ、「もっといっぱい絵を描きたかったな」と思いながら死ぬ気はしないですね（笑）。

M：うん。エロのほうが好きでしょ（笑）。

L：ただ、30歳ぐらいのときに、なんかの取材で今まで何人とセックスしたっていう話をしたら、圧倒的にオレが少なかったんですよ。それを聞いた瞬間、オレは「もっとセックスしたかった」って後悔しながら死ぬんじゃないかって思い始めて……（笑）。

M：でもさ、そもそもセックスって、たくさんするといいのかな。たくさんすると、やっぱカラダに癖がついちゃって、次々にヤラなきゃいけなくなって、それはそれで大変じゃないのかな。

L：逆に、死ぬときに「あー、ヤリたかったな、もっと」って思う人は、すごいヤってる人なんでしょうね。

M：うん、後悔する人はヤってる人だと思う。あんまりヤってない人は、死ぬときにセックスという言葉やイメージが思い浮かばないと思う。世間で理想とされる結婚相手って、同じ相手と何百、何千回ってヤレる人のことらしいね。

L：でも、浮気願望ってみんなあるじゃないですか。それでも、男も女も結婚をするっていうことで、「ほかの人とセックスはしない」っていうことを形式的に腹くくるわけじゃないですか。まったく、くくらないまま結婚する人もいっぱいいますけど（笑）。

M：むしろ、そのほうが多いでしょ（笑）。だって結婚式で神父も、「あなたは妻以外の人とセックスしませんか」とか問わないもんね。

L：それ言ったら、無粋な神父ですよ。「もうあのコと付き合ってないですか」も聞かないですもんね。神父も結構、結婚前後で持ち越す前提の話してますよね。「ダイジョウブ？　イロイロ？」的な。

M：ガツンと切れる人って、意外と珍しいほうだよね。何ごとも。

L：ガツンと切る人は、またガツンと始めたりしますもんね。でも、セックスとかオナニーとかバクチもそうですけど、やらなかったらやらないで済むんですよ。あれ、やるからどんどんしたくなる。

M：一度やると、2回目もやりたくなるのが人間だからね。

L：あと、やっぱ地位や経済力に勝てるものはチンポですよね。どんだけ金持っていてもチンポは納得しない。

M：金は後付けだけど、チンポは先付けだもんね（笑）。でも、一方で山城新伍[6]みたいに、かつてポルノの帝王だった人が、ああいう寂しい終わり方をすることもあるけどね。

L：山城新伍《やましろしんご》の晩年の寂しさは、金とチンポが同時になくなったからなんですかね？

M：じゃあとりあえず、将来的には金かチンポくらいは残しておけということですね。

L：まあ、できれば両方と思うのが人間なんですけどね。金とチンポと男と女とYシャツと私[7]（笑）。どちらにしても過分なものを手にしようと思うから、人間は不足感を抱えたまま死ぬんですよ。

M：金がなくなってもいいやと思っても、若いころならともかく70歳で友達や親戚《しんせき》に頭下げて借りられるかってなると、自信ないからみんな貯金するんだよね。貧乏くさく見えなかったら、遠慮せずに金借りて死ねばいいって思うんだけどなあ。

【注釈】

1　マニラで若王子さんが監禁／１９８６年にフィリピンで起こった三井物産マニラ支店長誘拐事件のこと。支店長の若王子信行氏がゴルフ場からの帰りにフィリピン共産党の軍事組織、新人民軍（ＮＰＡ）のメンバー５人に誘拐された。最終的には三井物産が１０００万ドルの身代金《みのしろきん》を払ったことで解放されたが、身代金の支払いを公表したことが模倣犯を生むとして非難された。

2　若井ぼん・はやと／昭和期に活躍した漫才コンビで、若手のころは、横山やすし・西川きよしのライバル的存在だった。

3　若井小づえ・みどり／１９６５年に結成された元漫才コンビ。弟子入りの際、独身を通す事を条件に師事することを許されたため、双方は永年独身を通しウリにもした。ネタとしては、「嫁に、もぉてぇ～！　おっきがぁあるに♪」などといったフレーズが有名。１９９１年、みどりの結婚に伴い解散。

4　峯田君／峯田和伸《かずのぶ》のこと。１９７７年生まれのシンガー・ソングライターで、バンド「銀杏《ぎんなん》ＢＯＹＺ」のボーカル・ギター。敬愛するみうらの自伝的小説が原作の映画『アイデン＆ティティ』『色即ぜねれいしょん』では役者としても好演（『アイデン～』では主役）を見せ、現在もドラマや映画に引っぱりだこ。

5　坂本龍一さん／１９５２年生まれの音楽家。ミュージシャンとしてはもとより、編曲家、音楽プロデューサーとしても世界的に有名。東京藝術大学在学中からプロとして音楽活動を始め、メンバーとして参加した音楽グループ「イエロー・マジック・オーケストラ（ＹＭＯ）」で有名になる。近年はメディアで環境問題や平和問題などについて多くの発言をしている。対談中でも触れているが「教授」や「世界のサカモト」といったニックネームで呼ばれることもある。

6　山城新伍／１９３８年生まれの俳優、タレント。最盛期は俳優だけでなく司会などもこなし、長者番付にも載るほどで、ポルノ映画の監督まで務めた。女性関係の話題も多く、元女優の花園ひろみとは2度の結婚・離婚を繰り返し、最後は娘に絶縁されるまでになった。晩年は糖尿病を患《わずら》い、2009年に老人ホームで一人寂しく亡《な》くなったという。

7　金とチンポと男と女とYシャツと私／平松愛理の大ヒット曲『部屋とYシャツと私』をもじったもの。

「命とは？」

みうら　人間だけが、いつか死ぬことを自覚している。
その状態は、まさに「苦行」

リリー　死への恐怖より、生きていられる時間の
足りなさへの恐怖のほうが大きい

M：パニック映画[1]がもっと流行《はや》ると、みんな「命」を大切にするようになると思うんだけどなあ。オレが昔、飛行機乗るのが怖かったのもパニック映画の影響で、「機長を任されたらどうしよう」って思ってたからだし（笑）。「まずは自動操縦に切り

替えて、左右の翼のバランスを整えて……」って考えてたら、怖くて眠れなくなったもん。

L：最初、飛行機が怖いのも、死ぬのが怖いからですからね。

M：でしょう。しかも、自分だけ生き残ろうとしてるから余計に生への執着が強くなって、死の恐怖が増す。

L：そんなときに、ふと外見たら『トワイライト・ゾーン』[2]みたいに化け物が羽をガジガジしてたら堪《たま》りませんよね（笑）。

あと、よく飛行機の安全性について、車より事故率は低いみたいなこと言いますけど、そうは言っても事故があったら全員、死ぬって言いますしね（笑）。

M：一発がデカいからね（笑）。機内アナウンスの「揺れますが飛行に影響はございません」って、あれもただの言い訳でしょ（笑）。

L：まず根拠を言えって（笑）。オレらは、そーいうこと知りたいわけじゃなくて、とにかく揺れるのがイヤだって言ってんのにね（笑）。あと、座る場所で死にやすさとか考えますよね。

M：前はぶつかるし、後ろはエンジンがあるし、真ん中は折れるし……。

L：ま、どこであっても、結局は死ぬってね（笑）。

M：らしいね（笑）。でもほんと、人生ってラッキーで生きてんだと思ったら、死への恐怖っていつの間にかなくなっちゃったよ。

L：死ぬのはいいけど、痛い思いや苦しい思いはしたくないってだけですからね、今は。やっぱりラクに死にたいってことですよね。死への恐怖って、そっちなんじゃないですかね。ビルの10階から飛び降りるのも、コンクリートに頭ぶつける前に気絶してればいいけど、もし覚醒《かくせい》してたらと思うとぞっとするし。痛いときに「死ぬーー！」っつーくらいだから、今まで感じたことのないとびっきりの痛さなわけじゃないですか。

M：地面が迫ってくるわけですからねえ。でも、スカイダイビングって気絶しないじゃないですか。あれ見てると、飛び降りても気絶しないんじゃないかって、逆に怖くなってくるよね。

L：引くくらい痛くて、しかも、そのことをあとで人に話そうと思ってもその時点では死んでんですよ（笑）。

M：ネタにできないなんて、無駄死にですよ（笑）。どっちにしても、普段の生活で痛い思いをすることがあるけど、あれって死ぬことに慣れるための修行だよね。ほんとは現世でひどい目にあっておいたほうが後でラクだし、そういう意味では、いいことばっかりの人生は最後にしっぺ返しがくることになっちゃうんだよ。

L：たしかに、酷《ひど》いことばかり選んで生きれば、死が希望になるかもしれませんもんね。やっと死ねるーって。

M：そう考えると、死ぬこと自体は怖くないんですよ。死ぬときに伴う痛みと、死ぬ前にやり残したことがあるのが怖いだけでね。

L：今、死んだらちょっとなあ、っていう思い残しが怖いんですよね。

M：折角生きてるんだからって、わかってるんだよね。10代のころからわかってて、わからないフリをしてるのが青春ってやつでさ。本当はモテない原因とかもわかってるのに、わからないフリをして人のせいにして。でも、哀《かな》しいくらいに人って自分の周りに起きることをわかってるもんだよね。動物のなかで人間だけが死ぬことをわかってるんだもんね。わかってて生きるって苦行ですよ。

L：ある程度年齢がいくと感覚って変わるじゃないですか。オレは、親が死ぬのを目《ま》の当たりにして、死に対する恐怖って和らいだんですね。身近な人があっち側にいる安心感で。

でも、死から逆算して今度は焦《あせ》りが出てくるんですよね。あれもやってない、これもやってないって。死への恐怖より、生きていられる時間が足りないことへの恐怖のほうが大きくなる。

M：年をとると「今が大事」とかって言うじゃない。わかっちゃうんだよね、それが。

L：で、それがわかっちゃうと、飲んでばっかりいるようになるんですよね。今を大事にするあまり（笑）。

【注釈】

1　パニック映画／1970年代に大ブームとなった災害や大惨事など突然の異常事態に立ち向かう人々を描く映画のジャンル。『大空港』が第1作となる「エアポートシリーズ」や、『ポセイドン・アドベンチャー』『タワーリング・インフェルノ』などの超大作が次々と製作され、どれも大ヒットとなった。映画好きのみうらが大好きなジャンルの一つ。対談中にみうらが話している「機長を任されたらどうしよう」というのは、機長と操縦士が死傷し、パニックになりながらも単身でジャンボジェット機を必死に操縦するキャビンアテンダントの姿を描いた映画『エアポート'75』のこと。

2　『トワイライト・ゾーン』／アメリカで放映されていたSFのテレビドラマシリーズ（1959年〜64年）。日本では『ミステリー・ゾーン』というタイトルで、1961年〜67年に放送された。1983年にスティーブン・スピルバーグ、ジョン・ランディス、ジョー・ダンテ、ジョージ・ミラーがそれぞれ一話ずつ監督したオムニバス作品『トワイライトゾーン／超次元の体験』として、映画化された。みうらが耽溺《たんでき》する『ウルトラQ』は、この作品に大きく影響を受けたとされる。ちなみに、リリーが対談中に話している「化け物が羽をガジガジしてたら〜」というのは、映画で第4エピソードに収録されている飛行機恐怖症の男を描いた「2万フィートの戦慄《せんりつ》」のこと。

あとがき
どうやらオレたち、いずれ死ぬっつーじゃないですか

リリー（以下、L）：人間、どれだけオシャレしてても、金を持ってても、最後はみんな死ぬってね。

みうら（以下、M）：しかも、その前に年とるっつーじゃないですか、病気にもなるっつーじゃないですか……。

L：刺身はどんどん腐るし、卵はどんどん悪くなって食えなくなることを人間は知ってるのに、それに逆らおうとする。腐ってないように見せようとするってね。

M：しょうがないのにね。それを踏まえたうえで楽しく生きていくしかないんですよ。だからこそ最悪の事態を「死ぬっつーじゃないですか」と軽く捉《とら》えて、それ以上、あまり深く考えないようにしましょうっていうのがテーマだね。

L：いきなりですけど、月にウサギがいると思ってるのは日本人だけじゃないんですよね。ただ、日本ではウサギは神に仕える聖なるものになってるけど、ディテールは国によって違うみたいなんですよね。

ある国では、天空から地球を見たお月さまが、人間が「死ぬ」ということに怯《おび》えて生活してるから、「お前が使いに行って、〝人間は死なないから安心しなさい〟と言ってきなさい」とウサギを人間界まで使いに出すんですよ。でも、ウサギはバカで月の話をちゃんと聞いてないから、逆に「人間は死ぬってね」って間違えて言っちゃったんです。それでウサギが帰ってきたときに、「ちゃんと伝えてきたか」「はい」、「なんと言ったのか」「死ぬって」、「それ、逆だろバカ」といって、お月さまが棒をウサギに投げるんです。そしたら、その棒がウサギに当たった。それでウサギの口が割れて、あまりにも痛くてウサギがお月さまをひっかいたから「月の海」って呼ばれる黒いシミみたいなのができた。

つまり、このお月さまとウサギの掛け合いにより、ウサギの口が割れて、月に海ができ、人は死ぬようになったらしいですよ。

M：トンマないい話だね(笑)。

L：そのときにウサギが「死なないらしいよ」と言ってたら、すごい人口になってますよね。でも、それでも老いていくわけじゃないですか。ほんとはみんなが一番怖がっているのは「死」じゃなくて「老い」。今、現実に120歳の人がいれば、やっぱり120歳の外見になってるわけだし、200歳まで生きても200歳なりの外見になりますよね。でもそれは、みんなが本当に望んでいることじゃない。だって本音は、外見も内面も老いたくないわけですから。だから寿命を作ったという意味では、ウサギ、「ナイス言い間違い！」なのかもしれないですね。

M：人間はわがままが特徴ですからねえ。

L：だから「ベンジャミン・バトン」みたいに、どんどん若返る話なんかは、みんな興味があるんでしょうね。オレはイヤですけどね。年はとりたくないけど、若返りたいとも思わないですね。もうこのまま止まってって。だって、若いときに考えてたことって恥ずかしいのもあるじゃないですか。

M：1年前でも、もう恥ずかしい（笑）。

L：下手したら、先週でも恥ずかしい。昨日もなんか飲んでてイヤなこと言って……キツかったんですよねえ。もう今がずっと続けばいいと願うばかり。

M：責任がないぶん、今がベストですよね。それ、意外と教えないんですよね。先のほうがベストだっていうけど、今しかないってね。

L：なにか計画立てて考える人って、人生を線路に例えてみたり、とにかく一本の線だと思ってるじゃないですか。でも、人生とか時間というのは線ではなく点の集合体でしょ。だからつなげて物事を考えていくっていうのは、本質的な意味で間違ってるわけだし、そりゃあ、うまくいかないですよね。金を貯《た》めてりゃ誰かに持っていかれ、結婚しても失敗して……って、点だから起きる「予測できないこと」ですよね。

そう考えると、すごい平べったい話に聞こえますけど、今が一番大切だっていうことですよね。あと、死ぬことは変えられないし、老いることも変えられないけど、どんな年寄りになるかということはある程度、自分で決められると思うんです。

M：若いうちに、憧《あこが》れの中年とか老人とかを想定しないとキツいってのはあるかも。植草甚一《じんいち》って、どんな人だったか詳しくは知らないけど、おじいちゃんなのに太陽がニコニコ笑ってるTシャツを着てたよ。ああいう人を見たときに、なんだか老人もいいなあと思ったんですよね。さすがに目標もないのに誰かになるのっていうのは難しいねえ。

L：やっぱり、老いたときの希望は、欲深いですけど意味のあるじいさんになりたいとは思いますよね。

M：なりたいですねー。でも、そこに理想像みたいなものがないと、自分でオリジナルを築いていくのはキツいよ。

L：あるいは、老いることを気にしてる人は、サン出版の「性生活報告」みたいな老人向けのエロ本を読めば、元気出ると思う。70歳のばあさんでも、80歳のじいさんでも、まだエロいことばっかり考えてるってわかりますから。それを知れば、カラダという「容器」が朽ちていくだけで、別に運転手は変わらないってことに気づくわけですよね。車がボロになっても。

M：外見でいえば、生まれたときに選べないボディスーツを着てるようなもんじゃないですか。顔がいいとか悪いとかっていうのも。もうしょうがない、それを着てやっていくか、だよね。そこを正そうと思っても、もう着ぐるみ着ちゃってるからしょうがないってね。

L：あとは、年をとるとみんなワガママになりますよね。特に、元がワガママな人はさらにワガママになる（笑）。

M：人間は丸くなんてならないもん。

L：むしろ、どんどんひどくなるだけですよね（笑）。ほんとにワガママになるし。オレだって前は酔いもしなかったのに酔うようになって、口論になったり、ブツブツ言うようになってきてるし。

5、6年前にみうらさんに対して、「この人、酔うとなんでこんなことをするんだろう」って思ってたことを、オレも同じようにするんですよ、最近（笑）。結局、自分がそのときにどう思ってても、同じようになっていくんですよ。でも逆に、それでもいいかなって、思うときが来るんですよね。

M：目標とする年寄りは、デニス・ホッパーでもいいんだ。去年（2010年）死んじゃったけど、連れ子にわざわざテレビのテロップが入って「実子6歳」って書いてあった（笑）。ロックがいいのは、そこだよね。何でもアリだし、常識、関係ないから。世間で「平均」を気にしてる人からすれば、「お前いくつなんだ？」って非難される人だけど、オレはそういう人を見ると勇気が湧《わ》くし憧れるけどね。

L：もちろん、デニス・ホッパーのことをデタラメっていうこともできるけど、ひとりの人間をこの世につくったって、すごく価値があること。そんな彼のことをデタラメだって言ってる人は、じゃあ、じじいは、ただ何にもしなくて死にゃいいのかって。

M：「天才とは？」のところでも話したけど、みんなピカソは認めるけど、「平均」の人の価値観で判断するなら、本当はひっどい男だよ、あれ。でも、『日曜美術館』で扱われると、もうOKなんだよね。そこで「平均」の人たちの価値観をガラッと変えてしまうわけ。

L：みんながピカソになれるわけじゃないけど、でも、別になんにもしてなくて無職でも、「平均」の価値観は踏み散らかせばいいんですよ。そうすれば人と違うという意味でも孤独が怖くなくなるんじゃないですか。

M：そこに「平均」の責任感や常識を持ってると不安になるけども、散らかせば、あまり思わないようにはなるってことだよね。

L：結局、80代でも10代でも、人は変わらない。でも、だからいとおしくもある。

M：あとオレ、もしリリーさんが野垂れ死んでも不幸だったなとは思わないもん。まず、「野垂れ死ぬ＝不幸」だっていうことになってるけど、そこは疑うべきだよね。べつに家族に看取《みと》られて死ぬのが一番だとは限らないし。

L：畳の上で死ぬということと、畳の上では死にたくないっていうことは、両方の価値観がありますしね。

M：畳じゃ死なねえぜーって、永ちゃんも歌ってるもんね（笑）。

L：じゃあ、フローリングではいいんですかね（笑）。

M：どれがベストな末路かっていうのは決まってないっていうことですよ。自分なりにベストだと思えばいいんじゃないの。やっぱり「平均」で考えると、不幸な死に方っていうのがあるということになってるけど、死ぬことに関しては全員が不幸だから、優劣なんてないってことでしょ。だからこそ「死ぬっつーじゃないですか」

って、軽く言っちゃいたいわけです。

L：結局、人間というのは自分の死ぬ瞬間を彩《いろど》るために家族をつくったり、家を建てたり、エジプトの王様が周りにいっぱい装飾して自分の墓を飾ったみたいなことをするわけですよね。でも、実際に自分の親の葬式に立ち会ったとき、その瞬間はともかく、死んだ後は、家族も結構忙しく動いたりして、なんか、それどころじゃないっていうか、本人が想像するほどの状態じゃないでしょ。つまり、その程度の一瞬の彩りを意識して努力したりするなら、そのために不安になる必要はないなって確信しましたね。

逆に、エジプトの王様みたいに自分の死を彩ろうと思っていろんなものを置いたら、あとで観光地になったりするっつーじゃないですか。しかも、観光客はそこでピースしながら記念写真なんかも撮ったりするっつーじゃないですか。

M：死んだ後、観光地になるのだけは避けなきゃね（笑）。でも人生の最終地点は「死」じゃないですよ。

L：それなのに「今際《いまわ》」を豊かに過ごしたいと思って、みんな「今」を貧しく生きてる。死の瞬間を彩るためなら、今が色褪《いろあ》せてもいいっていうのは、すごくヘンな考え方だと思う。だって、思いどおりにはならないですよ、絶対。うちのばあちゃん、

9人の子供を産んだけど、最後、ばあちゃんひとりで住んでました。それでも、9人の子供の思い出があったし、そういう昔にあった「今」を大切にしたから、そこまで生きられたんだと思う。

M：死ぬときをうまく飾らなくていいと思えれば、こんなにラクなことはないよね。

L：もしみうらさんが90歳ぐらいになって、オレがそのとき担《かつ》げるかわからないけど、「リリーさん、オレを山に捨ててくれへんか」って言ったら、迷わず節考《ぶしこう》（村の掟に従い老親を山に置き去りにした伝承を描いた小説『楢山《ならやま》節考』をもじった造語）に行きますよ。

M：え、オレが今思ったのは、ブルース・リーの棺をスティーブ・マックイーンが担いでるイメージだったけど、ちがうんだ。節考なんだね（笑）。

L：楢山のほうに（笑）。それかルーク・スカイウォーカーがヨーダを担いでいる感じですね。

M：でもまあ、死んでまで格好つけても仕方ないって言ってるわけですから、もちろん節考でいいっす（笑）。そこの覚悟さえできていれば、なんもいらないはずなんですけどね。それは絶えずそう思って、頭を洗脳しないと、なかなか思えないよね。

L：若い人がこの本の文章を読んで、すぐに意味がわからなくてもいいと思いますよ。

いずれわかるから。だって、本とか映画とかって、そのときにすべてがわかるものって大したものじゃないし。
M：あとでジワジワ効いてくるもんだよね。
L：バンテリンでしたっけ？（笑）
M：そう、バンテリン現象（笑）。
L：ちなみに、オレのバンテリン現象は、やっぱり親が死んでからですね。あれから、ジワジワと自分の人生を逆算して考えるようになって、そうすると、「あ、あまり時間がないんだな」って。だから死ぬことが怖くなくなったんですよ。みうらさんといつも話すように、どんどんいろんな人が死んでいって、逆に向こうのほうが面白い人がいるんじゃないかって思えてきて。今の希望は地獄イチのいい学校に行きたいってことですもんね（笑）。天国のバカ学校に行くぐらいだったら、赤塚さんとか清志郎《きよしろう》さんがいる地獄のエリート学校に行きたいですよ。
M：まあ、心配しなくても行くっつーじゃないですか、地獄。どうあがいても（笑）。
L：やっぱ、そっちっすかね（笑）。

箱根の旅館にて

この作品は二〇一一年十一月扶桑社より刊行された
単行本に加筆・修正を加えたものである。

新潮文庫最新刊

芦沢央著
神の悪手
棋士を目指し奨励会で足掻く啓一を、翌日の対局相手・村尾が訪ねてくる。彼の目的は一体。切ないどんでん返しを放つミステリ五編。

望月諒子著
フェルメールの憂鬱
フェルメールの絵をめぐり、天才詐欺師らによる空前絶後の騙し合いが始まった！　華麗なる罠を仕掛けて最後に絵を手にしたのは!?

午鳥志季・朝比奈秋
春日武彦・中山祐次郎
佐竹アキノリ・久坂部羊著
遠野九重・南杏子
藤ノ木優
夜明けのカルテ
—医師作家アンソロジー—
その眼で患者と病を見てきた者にしか描けないことがある。9名の医師作家が臨場感あふれる筆致で描く医学エンターテインメント集。

霜月透子著
祈願成就
創作大賞（note主催）受賞
幼なじみの凄惨な事故死。それを境に仲間たちに原因不明の災厄が次々襲い掛かる——日常を暗転させる絶望に満ちたオカルトホラー。

大神晃著
天狗屋敷の殺人
遺産争い、棺から消えた遺体、天狗の毒矢。山奥の屋敷で巻き起こる謎に満ちた怪事件。物議を呼んだ新潮ミステリー大賞最終候補作。

カフカ
頭木弘樹編訳
カフカ断片集
—海辺の貝殻のようにうつろで、ひと足でふみつぶされそうだ—
断片こそカフカ！　ノートやメモに記した短く、未完成な、小説のかけら。そこに詰まった絶望的でユーモラスなカフカの言葉たち。

どうやらオレたち、いずれ死《し》ぬっつーじゃないですか

新潮文庫　み－52－2

令和三年五月一日発行
令和六年六月十五日七刷

著者　みうらじゅん　リリー・フランキー

発行者　佐藤隆信

発行所　株式会社新潮社

郵便番号　一六二―八七一一
東京都新宿区矢来町七一
電話　編集部(〇三)三二六六―五四四〇
読者係(〇三)三二六六―五一一一
https://www.shinchosha.co.jp

価格はカバーに表示してあります。

乱丁・落丁本は、ご面倒ですが小社読者係宛ご送付ください。送料小社負担にてお取替えいたします。

印刷・株式会社光邦　製本・株式会社大進堂

ISBN978-4-10-127462-1 C0195